Colosseum

MAURO MARCIALIS

Colosseum

a cura di Valerio Massimo Manfredi

I

La promessa

SOLFERINO

SOLFERINO

www.solferinolibri.it

La collana Colosseum è a cura di Cadore 33

ISBN 978-88-282-1444-1
Prima edizione: maggio 2024

A tutti gli illusi, a quelli che parlano al vento.
Ai pazzi per amore, ai visionari,
a coloro che darebbero la vita per realizzare un sogno.
Ai reietti, ai respinti, agli esclusi. Ai folli veri o presunti.
Agli uomini di cuore.
(dal testo poetico Don Chisciotte *di Corrado d'Elia)*

Prologo

Roma, 61 d.C.

L'incisione è stata eseguita con un punteruolo. "Nerone li ucciderà tutti", c'è scritto su una delle colonne del Pantheon.

Roma è in fermento: il *praefectus urbi* Lucio Pedanio Secondo è stato assassinato e il Senato ha appena deliberato la condanna di tutti i suoi schiavi.

I primi raggi di sole ungono i colli, le strade sono già intasate. Molti cittadini esprimono preoccupazione e contrarietà: non è ammissibile avallare un massacro del genere.

Soprattutto quando è certo che solo una persona è responsabile dell'omicidio del prefetto.

Soprattutto quando gli schiavi che lo stesso deteneva nella sua proprietà sono quattrocento!

L'imperatore Nerone vorrebbe assecondare il volere del popolo per non perdere consensi ma c'è una legge da rispettare, un *senatus consultum* di cinquant'anni prima che non ammette eccezioni: devono essere giustiziati indistintamente tutti gli schiavi che vivono nella domus del padrone ucciso.

Il rituale prevede che siano prima colpiti da un fitto lancio di pietre e poi crocifissi. Il *redemptor* addetto ai servizi funerari è già stato contattato. Quattrocento corpi sono parecchi, sta meditando, sarà una giornata faticosa. Su una tavolozza di legno ricoperta di cera inizia ad annotare l'occorrente: pali, legacci, chiodi, fustigatori muniti di sassi, fruste, bastoni e pugnali.

Hagen entrò nella stanza di Pedanio Secondo, illuminata dal bagliore di una lucerna.

Le sue mani erano strette in un pugno e quella destra nascondeva una lama.

L'immensa domus del prefetto era avvolta nel silenzio. Uno degli schiavi stava dormendo ai suoi piedi. Era il suo cane da guardia, ma poche ore prima Hagen l'aveva sedato con un infuso contenente delle foglie di mandragora.

Il dominus in questione non era un romano qualunque: Lucio Pedanio Secondo era uno dei senatori più autorevoli dell'Impero, in passato aveva anche ricoperto la carica di console. Da prefetto disponeva di una milizia per garantire l'ordine pubblico. Sembra paradossale che uno come lui possa essere ucciso nella sua stanza da letto e una scritta al Foro con i pigmenti ancora inumiditi recita beffarda: pare proprio che Pedanio non sappia difendere nemmeno se stesso.

Il senatore Cassio Longino si trova già all'interno del Senato. Sta bruciando incenso e provando il discorso variando le impostazioni della voce. Dal papiro che ha in mano legge: «Nella sua casa! Nella sua stanza da letto! In piena notte! Un agguato, un agguato premeditato e vile!».

Il suo schiavo insegnante di greco al quale ha ordinato di esprimere un parere sulla sua eloquenza sta annuendo, ma una leggera increspatura sul viso svela il suo dissenso.

La cifra della manumissio *era stata decisa qualche tempo prima: Hagen avrebbe potuto liberarsi dalla schiavitù e divenire cittadino romano pagando cinquemila sesterzi. Lo schiavo aveva gestito con profitto una delle botteghe di proprietà del prefetto ed era riuscito a raccogliere la cifra concordata. Negli ultimi dieci anni aveva venduto al mercato spezie, tessuti e manufatti orientali e si era distinto per le sue capacità di persuasione. I clienti gli erano affezionati: la parola di Hagen era sacra. Lo schiavo aveva sempre pensato che anche quella del suo padrone lo fosse.*

Cassio Longino gesticola in maniera energica e il lembo della toga appoggiato al suo braccio sinistro scivola sui pavimenti di marmo. «Nessuno, nella sua casa, lo ha impedito! Nessuno lo ha denunciato, e questo malgrado la chiarezza della legge romana. Come possiamo, noi, decretare l'impunità? Chi sarà più difeso, se lo facessimo?»

Lo schiavo continua ad annuire di fronte al suo padrone, che spiega un secondo papiro e prosegue: «I nostri padri non si fidavano dell'indole degli schiavi e la paura è l'unica possibilità di tenere a freno questa feccia! Moriranno, certo, degli innocenti. Ma questa sorte tocca anche ai soldati romani quando una legione si macchia di disonore. Ogni punizione esemplare ha qualcosa di ingiusto, ma si riscatta, a danno dei singoli, nell'utilità collettiva. Roma non può permettersi di mostrarsi compassionevole di fronte all'uccisione dell'uomo che rappresenta l'ordine civico, che incarna la legge. E questa, se tale deve restare, va applicata. E va applicata sempre, soprattutto in casi del genere, quando è più funesta, quando è più desolante, perché è nella fermezza che ogni legge assume valore».

Pedanio Secondo si era rimangiato la parola e lo aveva provocato: «Il mercato cambia e ora, di sesterzi, ne voglio diecimila».

Era una notte senza stelle. Hagen si avvicinò al corpo del padrone a passi lenti. Stava tremando, un brivido lo scosse. La rabbia lo aveva accecato, al punto da non fargli considerare le conseguenze: uccidendo il prefetto avrebbe condannato a morte anche i suoi figli.

Lo schiavo abbassa lo sguardo e dice: «Nessun senatore potrà trovare argomenti per controbattere alle tue ragioni».

Migliaia di persone stanno nel frattempo lanciando pietre contro il palazzo del Senato e le loro urla si alzano minacciose. Nerone non ha scelta: deve intimorire il suo popolo con un editto e far scortare dalle coorti urbane e dai pretoriani i condannati destinati al supplizio.

Il *redemptor* è un liberto con vent'anni d'esperienza; non si preoccupa dell'agitazione dei romani che gli gravitano intorno con atteggiamenti intimidatori, spintonandolo e insultandolo. «Lurido maiale!» gli dicono, «Schifoso mercenario!» aggiungono. Il *redemptor* annuisce, ad alcuni sembra una provocazione, ma lui sa che con l'arrivo dei pretoriani e l'inizio dello *spettacolo* si calmeranno tutti.

Pedanio Secondo aprì gli occhi e notò la lama stretta nella mano di uno dei suoi schiavi più affidabili. Sussultando, gli disse: «Maledetto bastardo, non sarai mai libero!».

«Lo avevi promesso...» replicò Hagen, la voce bassa.

Pedanio Secondo gli rivolse un ghigno beffardo, era certo che il suo servo non avrebbe osato tanto.

Ma la ferocia di certi istinti è impietosa e alcune volte non si trattiene, nemmeno di fronte alle conseguenze più sciagurate.

La lama scattò.

E disegnò un sorriso sulla gola del prefetto di Roma.

Il legionario Livio Amanzio stringe i lacci delle *caligae* e si prepara a raggiungere i suoi compagni nei pressi del Tempio di Giano.

Fin dal suo arruolamento ha sempre desiderato partecipare a campagne militari in quei territori stranieri di cui parlavano veterani entusiasti nelle *tabernae*: l'Egitto, la Gallia, la Britannia, la Tracia.

Non conosce ancora il motivo della convocazione ma è preoccupato: ora che nella sua vita c'è Flaminia, l'idea di lasciare Roma lo atterrisce.

La legione a cui apparteneva si era messa in marcia un anno prima. Lui, con una frattura al polso procuratagli da tre ubriachi nel corso di un baccanale, è stato trattenuto a Roma e impiegato nelle coorti urbane per rafforzarne i ranghi.

Livio sistema il drappo dove era stato cucito il nome *Legio I Macriana Liberatrix*.

Il ricordo del giuramento è ancora vivo, era stata una giornata indimenticabile.

Oltre cinquemila reclute disposte su cinquanta file allineate in religioso ordine di fronte al Campidoglio, l'acclamazione del popolo, il rosso del *sagum* a risaltare, la lucentezza delle armi, delle bardature e degli elmi.

L'empietà del *sacramentum*.

La presenza dell'imperatore, dei sacerdoti, dei suonatori di corni e di tamburi, dei portatori delle insegne: l'*aquilifer* con l'aquila, il *vexillarius* con l'insegna della legione e il *signifer* con quella delle coorti.

Il suo nome pronunciato insieme a quello dei suoi compagni dal *tesserarius*. Il grido «*Ergo sum!*» in risposta.

Tre squilli di corno a scortare l'impegno solenne pronunciato dal legato: «Giuro di essere fedele all'imperatore e alla *Legio*, alla sua costituzione e alle sue regole. Giuro di adempiere a tutti i doveri con disciplina e onore e di non lasciare il servizio prima del termine dell'arruolamento».

La risposta nel boato di tutti loro: «Giuro!».

Livio si lascia la Suburra alle spalle e s'incammina accelerando il passo. Roma è sempre frenetica, anche al primo giro di meridiana, ma quel giorno c'è più tensione del solito. Sente il vociare dei cittadini e non riesce a cogliere il senso di certe espressioni: «Non è giusto!», «Finirà malissimo!», «Bisogna che Nerone e il Senato cambino certe leggi!». Le discussioni sono animate e ci sono anche romani che controbattono: «Bisogna ridimensionare quest'accozzaglia», «La legge va bene così», «Servirà da monito».

Livio raggiunge un pretoriano e gli chiede cosa stia succedendo. L'uomo si sfrega le mani: «Hanno ammazzato il prefetto nella sua domus. Dobbiamo scortare i suoi schiavi alla discarica».

La discarica dell'Esquilino, pensa Livio, e sa cosa questo significhi.

Un massacro...

Nessuna campagna militare, per lui. Nessuna operazione esaltante. Nessuna epigrafe sui marmi di Roma. Solo ordine pubblico, niente di onorevole, di encomiabile: in tutto quel tempo è stato destinato solo a placare uomini ubriachi, che avrebbero voluto spaccargli la testa e che appena ne avevano l'opportunità gli lanciavano addosso pietre e lo ricoprivano di sputi e di insulti.

«Quanti sono?» chiede Livio.

"Gli schiavi che verranno uccisi" è sottinteso.

Il pretoriano libera una risata che puzza di sadismo e fa scrocchiare le nocche: «Sono quattrocento».

***

Livio si unisce a una coorte di cento soldati che sta marciando in direzione della domus del prefetto. La villa è immensa, solo l'*impluvium* è grande come l'arena di uno dei tanti anfiteatri di legno che vengono allestiti nelle piazze di Roma.

Il manipolo al quale è stato assegnato ha l'incarico di ammassare gli schiavi in un'area davanti alla villa. Altri mille soldati stanno già formando un cordone di protezione per permettere di scortare i condannati in sicurezza. Il paradosso è che devono salvaguardare l'incolumità di persone che saranno sterminate entro il tramonto.

Livio entra nella domus e ne ammira lo sfarzo: mosaici ricercati, colonne e busti di marmo, tendaggi di seta. La maggioranza degli schiavi ha gli occhi rivolti alle cacce e alle lotte inscenate sul pavimento e le loro espressioni svelano soprattutto rassegnazione e impotenza.

«Ho ucciso io quel bastardo!» grida l'unico di loro che esprime rabbia e che si sta sbracciando contro i tre soldati che gli sono addosso: «Prendete me, prendete solo me!». Livio accorre per supportarli e viene colpito con un calcio sul fianco. Quell'uomo ha una forza impressionante e la sua disperazione ne aumenta la pericolosità. Livio fa valere i precetti dell'addestramento ricevuto: è lesto a riprendere il controllo e a immobilizzare lo schiavo al suolo dopo avergli assestato due rapidi colpi al collo e al costato.

L'uomo crolla e si lascia andare a un pianto disperato. Livio muove il capo per far intendere agli altri soldati che ora ha il controllo della situazione e che non è più necessario intervenire. Trattiene le mani dello schiavo dietro la schiena, lo costringe a rivelare il suo nome e poi gli dice: «Prega il tuo dio, Hagen, è finita. Nessuno potrà più aiutarti».

I loro occhi s'incontrano e tra lo sguardo compassionevole di Livio e quello atterrito dello schiavo sembra che si stia creando lo spazio per una silenziosa intesa.

Livio gli sussurra: «Parla, cosa vorresti dirmi?».

Le labbra di Hagen si avvicinano al suo orecchio. «Ti prego, salva i miei figli» lo implora il servo.

Livio lo scansa con una manata e non gli risponde. Non deve certo spiegare che la legge romana non può essere messa in discussione. Mai, in nessuna occasione, per nessun motivo.

Lui non è quello che strappa alla morte i condannati.

Lui è quello che ce li accompagna.

Con le percosse, le ingiurie e la punta acuminata del gladio.

***

Li scova nell'ultima stanza del sottotetto, avvinghiati tra loro e nascosti sotto una coperta di lana sudicia.

«Siete i figli di Hagen?» chiede scostando la coperta.

I bambini non rispondono e continuano a occultare il proprio volto. Due maschi e una femmina, devono avere un'età compresa tra i quattro e gli otto anni, valuta Livio.

Prenderli, trascinarli fuori da lì, ammassarli tra gli altri schiavi e accompagnarli alla discarica per la lapidazione: sono questi i suoi compiti ed è ciò che la legge romana gli impone. Nessuno potrebbe permettersi di esitare, di dubitare, tantomeno un soldato di rango inferiore come lui.

Sferra dei deboli pestoni sui loro corpi tremolanti, afferra i capelli della bambina, li scosta dal viso e ripete: «Siete i figli di Hagen?».

I bambini piccoli si voltano di scatto, tutti insieme, come se quell'unione d'intenti potesse in qualche modo creare una forza in grado di colpire il loro nemico. La bimba annuisce in lacrime.

Livio si ritrova i loro occhi addosso e in quello stesso istante riconosce quelli della bambina. Li ha già visti, in passato. Erano occhi che esprimevano terrore, che imploravano aiuto, che urlavano "Non è giusto!". Occhi con troppe parole, seppur privi di voce.

Quegli occhi gli stanno raccontando una storia che lui purtroppo conosce già.

I sentimenti di rabbia e d'impotenza che aveva provato qualche anno prima lo raggiungono rinnovando un antico tormento. Avrebbe potuto fare di più, allora? Avrebbe potuto almeno confortarla, quella volta?

Quegli occhi appartenevano a sua madre. Erano rimasti aperti, imploranti, anche dopo la morte, e lui si era limitato a chiuderli.

Gli stessi occhi...

"Salvali! Ora che puoi, fallo!" gli sta dicendo una voce.

Altri dubbi s'insinuano: tradirebbe la sua patria, impedendo la morte di quei bambini? Si macchierebbe di un crimine destinato a tormentarlo per il resto della sua vita?

Urla agli altri legionari che la stanza è vuota e questi cambiano direzione per andare a perlustrare altre zone della domus. «Mi fermo a pisciare» aggiunge, per ritagliarsi un altro po' di tempo.

Non ne ha più molto ormai, ma la decisione è presa. Trova il tono di voce più rassicurante possibile e dice loro: «Fidatevi di me, vi porterò fuori di qui. Come vi chiamate?».

I bambini non smettono di tremare e si rifiutano di rispondere alle sue domande. Livio li scorta fuori dalla domus, evitando di farsi scoprire, e li lascia in un vicolo appartato, lontano dal flusso dei soldati e dei curiosi che continuano ad accorrere nei pressi della villa del prefetto. Tenta di consolarli accarezzandogli i capelli e alza la voce nel tentativo di estorcere i loro nomi ma, ancora, non ottiene alcun risultato.

«Qui siete al sicuro, non muovetevi e aspettate il mio ritorno» dice loro prima di andare a sporcarsi il *sagum* e le mani di sangue.

* * *

La processione ha inizio.

Pretoriani, legionari in licenza e coscritti delle coorti urbane operano insieme. Tre diversi equipaggiamenti sotto un unico simbolo di appartenenza: l'aquila imperiale.

Quasi quattrocento persone sfilano con la testa bassa. Sono incolonnati, uno dietro l'altro.

Alcuni perdono il passo, alcuni inciampano, altri si accasciano per un malore o a causa delle bastonate ricevute.

La fila misura almeno tre *stadii*, quasi la lunghezza del Circo Massimo.

Livio raggiunge gli altri soldati col respiro affannato. Ora sono soprattutto concentrati a minacciare quei cittadini che continuano a protestare. Mostrano le lame delle proprie armi e funziona: le urla di disapprovazione scemano progressivamente.

La paura vince sempre sui buoni propositi, è una regola immutabile che non cambierà mai, sta pensando Livio.

Gli addetti funerari sono soltanto venti e ognuno di loro ha a disposizione una sacca con una decina di pietre da scagliare contro i condannati, ma quattrocento sono un'enormità. Ci vorrà un mucchio di tempo e a occhio le travi e i legacci reperiti per approntare le croci non saranno sufficienti.

Hagen riprende a gridare: «Lo aveva promesso!».

Un pretoriano ha un'idea per ridurre i tempi e la condivide con i comandanti: facciamo partecipare alla lapidazione anche i cittadini romani che vogliono *sfogarsi* un po'. Ottiene il consenso dei gerarchi e poi urla in direzione della folla che intanto ha formato due cordoni ai lati degli schiavi: «Chi di voi è d'accordo con il nostro imperatore e con il Senato può partecipare all'applicazione della legge romana!».

L'appello riscuote consensi, anche il *redemptor* appare sollevato.

I condannati vengono ammassati e costretti a inginocchiarsi. Alcuni tentano la fuga e vengono trafitti dalle lame con l'*accortezza* dei soldati romani di non sferrare colpi mortali.

Il momento che anticipa l'ordine di lanciare le pietre è carico di tensione, i sentimenti sono contrastanti: lo spettacolo della morte ha sempre un fascino maledetto, sta pensando Livio.

Moriranno tutti, questo è sicuro.

E alla fine, con le adesioni dei cittadini, gli assassini saranno più dei condannati.

***

L'applicazione degli addetti funerari è ferrea: nessuno di loro rischierebbe mai di ritrovarsi dentro il cerchio dei condannati per non aver adempiuto in maniera impeccabile all'ordine di martirizzarli.

Le carni si slabbrano, le ossa si spezzano. Schizzi di sangue imbrattano volti, braccia e vesti. Si mira alle parti di cranio già sfasciate, ma morire così è difficilissimo: la sofferenza che precede il decesso è indicibile e può durare giorni.

Tutti consapevoli: non c'è via di scampo. Ci si aggrappa agli dèi e alle braccia dei propri cari, l'ultimo saluto è dentro un grido disperato o in uno sguardo atterrito.

È la compassione a imporre di trovare soluzioni per diminuire il tempo del supplizio.

È proprio per pietà che alcune madri strangolano i propri figli.

È per pietà che alcuni mariti raccolgono le pietre imbrattate di sangue per spaccare la testa alle proprie mogli.

Dentro quella pioggia fittissima di pietre, dentro quella tormenta, Livio rabbrividisce: di aquile, qui, non c'è alcuna traccia.

Ci sono delle pause. Gli addetti, i volontari e i soldati devono rifiatare e andare a raccogliere le pietre che hanno appena lanciato. Livio si fa largo nella calca calpestando corpi. Assesta due pedate poderose a una donna agonizzante e col gladio trafigge il cuore di due ragazze. *Per pietà*. Trova Hagen in ginocchio a pochi passi. Ha la fronte aperta, la sua voce è poco più di un sussurro e continua a ripetere: «Lo aveva promesso...».

Livio gli dice: «Sono salvi, Hagen. I tuoi figli sono salvi».

Lo schiavo sbava denti e il sorriso che gli mostra è di un rosso acceso. Ha palpebre e zigomi gonfi e di un colore violaceo, non riesce nemmeno a riaprire gli occhi. Bolle di sangue sulle labbra rompono le sue parole. Livio scova la sua gratitudine in quella mano maciullata che lo schiavo continua a battersi sul petto. Trattiene le lacrime e distoglie lo sguardo. Incrocia, in lontananza, proprio quello dei figli di Hagen.

Dannazione, pensa, stanno assistendo a questo scempio.

"Fuggite! Nascondetevi!", vorrebbe urlare loro mentre Hagen tenta di parlargli e la sua mano dal petto sale per posarsi sul collo.

Livio comprende: è il suo ultimo desiderio. È l'ultimo favore che quello schiavo gli sta implorando di fargli.

Sa che i bambini lo stanno osservando. "È solo pietà", vorrebbe spiegare loro.

Ma non c'è tempo, non più.

Livio posa una moneta d'argento sulla lingua squarciata di Hagen e inizia a stringergli la gola.

«Buon viaggio» gli dice, esaudendo il suo ultimo desiderio.

***

Il *redemptor* è uno meticoloso: sta contando i cadaveri e ha già fatto scavare una fossa per buttarceli dentro.

Livio gli va incontro sei giri di meridiana dopo l'inizio della sassaiola, indice e pollice a stringere le narici, la testa alta per evitare di scorgere le donne e i bambini ammassati.

«Hanno già razziato tutto gli altri soldati» gli dice il *redemptor* dopo aver notato la sacca di cuoio con le monete che Livio gli sta facendo tintinnare davanti.

«Lo so, mi serve un altro favore, e i tuoi uomini potrebbero aiutarmi.»

Il *redemptor* ha voglia di chiacchierare: «Sono ancora tante, le incombenze... ma è andata bene: sono sopravvissuti solo in cinquanta e con il legno a disposizione possiamo crocifiggerli tutti». Slega un papiro e sussurra: «I condannati sono trecentonovantasette, non quattrocento...».

Livio fa spallucce: «Qualcuno, al Senato, deve aver arrotondato».

«Certo, certo... Cosa ti serve?»

Livio indica un grosso masso grigio a dieci passi da loro: «È un lavoro veloce. Vedi quel macigno lì? Vorrei dare una specie di sepoltura a uno di questi uomini».

Peserà almeno come due tori, valuta il *redemptor* che annuisce e arraffa il sacchetto. La quantità di monete intascate lo convince che quel soldato sta pagando soprattutto la sua discrezione.

Livio scava un'altra fossa e ci trascina dentro il corpo di Hagen.

Ci vogliono otto schiavi per sollevare il macigno. Con una pietra appuntita e ancora insanguinata Livio ci incide sopra le scritte "Vergogna" e "Perdono" rivolgendosi a un dio al quale non è mai riuscito a dare un nome.

Il masso viene trascinato e posato sopra lo schiavo.

Livio non può saperlo, ma quella pietra, qualche anno dopo, sarà la prima posata al suolo per realizzare le fondamenta del più grande anfiteatro del mondo.

La cinquantesima croce viene fissata quando gli ultimi raggi di sole stanno per nascondersi dietro i colli.

Il cielo è arancio e rosa, le ombre stanno svanendo e si trasformano in fantasmi.

La bellezza dei tramonti romani è commovente.

Caronte attende il buio e inizia a passeggiare nella discarica.

Lo farà per gran parte della notte, ma il bottino sarà magro: recupererà soltanto una moneta.

Significa che l'anima di una sola persona potrà salvarsi e che a tutti gli altri spetterà un'eternità senza pace tra le nebbie di un bosco silente.

La promessa

Riesce a salvarli.

Tutti e tre.

Rovista di nascosto nella domus del prefetto e rimedia ai bambini delle vesti pulite. Scopre i loro nomi e la loro età dopo aver letto le incisioni sui ciondoli che tengono attaccati a bracciali di ferro: Derek è quello biondo e ha sette anni, uno in più di sua sorella Brynja. Arild, il bambino moro, ne ha otto, ed è l'unico che non ha Hagen come padre.

Per non attirare troppe attenzioni, Livio è costretto a dividerli. Lo fa subito dopo il massacro degli schiavi all'Esquilino, due giorni prima di lasciare Roma sotto le insegne di una nuova legione per raggiungere le altre truppe in territori stranieri e adempiere ai suoi doveri di soldato.

Livio promette che un giorno riuscirà a farli ritrovare. Derek, le mani incrociate sul petto, sputa in terra e sussurra: «Noi le conosciamo già, le promesse dei romani...».

«Io non sono come quell'uomo» replica Livio, rendendosi conto di aver oltraggiato il prefetto di Roma senza pentirsene.

I momenti della loro separazione sono strazianti. Anche i bambini si scambiano delle promesse, abbracciandosi. Non permetteranno a nessuno di spezzare il loro sogno di rincontrarsi.

Derek tenta di incoraggiare gli altri: «Ci penserò io, troverò il modo... ma non potremo fidarci di nessuno».

Brynja bacia sulle labbra Arild e gli regala una pupa di pezza. «Questa sono io, che ti resto accanto. Così non ti dimenticherai di me» gli sussurra.

Arild le accarezza le mani, le guance si arrossano: sta provando imbarazzo per non essere in grado di ricambiare il dono. Brynja lo comprende e lo rassicura scompigliandogli i lunghi capelli scuri: «Avrai tempo, non preoccuparti».

Livio è rapito dal modo in cui i due piccoli si stanno fissando; si chiede se le altre persone, osservando lui e Flaminia, possano scovare quella stessa armonia, quello stesso attaccamento.

Adesso ha pochissimo tempo per trovare loro una sistemazione e le sue scelte sono quasi obbligate. Affida Arild al lanista Avidio con il quale ha un vecchio debito di gioco. Derek è invece destinato a Curzio, un suo amico commerciante di animali i cui traffici gravitano *soprattutto tra Roma e Portus Augusti. Si raccomanda con entrambi affinché i bambini possano ricevere un trattamento di favore. I nuovi padroni sgranano gli occhi e allargano le braccia: «Ma sono pur sempre degli schiavi...».*

«Sì, lo so, lo so...» si affretta a spiegare Livio a beneficio di entrambi, «ma tornerò a Roma con il bottino di guerra e saprò come ricompensarvi.»

Brynja è assegnata alla nobile domus di Flaminia, la sua amante clandestina, la moglie del senatore Gneo Domizio Liviano, uno dei politici più influenti dell'Urbe.

Livio rispolvera la sua tenuta da legionario pensando al destino di quei bambini. Parte senza entusiasmo ma con la convinzione di trascorrere lontano dalla sua città e dalla donna che ama soltanto un anno, due al massimo. In seguito, ci penserà spesso: se avesse saputo che la sua lontananza si sarebbe protratta tanto a lungo, avrebbe tradito i suoi ideali? Avrebbe soffocato la sua dignità, il suo onore? Inutile rimuginarci troppo, probabilmente ogni giocata del destino è ineluttabile e gli dèi non stanno lì a fornire troppe spiegazioni.

Nel decennio in cui è lontano da Roma, corrompe i legionari più vicini ai generali per poter inviare lettere a Flaminia, Avidio e Curzio. Istruisce ognuno di loro sulle modalità per ottenere risposte senza correre rischi inutili.

Chiede loro notizie della città, soprattutto perché all'estero giungono voci contraddittorie. Viene a sapere che Nerone, dopo aver schivato più di una cospirazione, ha commissionato decine di esecuzioni ai danni dei congiurati ed è stato probabilmente il responsabile di un incendio che ha distrutto gran parte dell'Urbe. La spietatezza dell'imperatore ha provocato l'insofferenza della maggioranza dei senatori e trascinato Roma nel caos. Alla fine Nerone si è sentito sempre più accerchiato e ha ceduto facendosi pugnalare da un suo schiavo. La guerra civile che ne è seguita ha visto succedersi quattro diversi imperatori e solamente con l'ultimo si è ristabilito l'ordine.

Livio chiede anche dei suoi *bambini.*

Da Avidio riceve solo una missiva, nell'anno 69 d.C. Arild è un ragazzo instancabile e socievole, gli scrive. Il suo corpo sta diventando sempre più possente e si è appassionato alla lotta. Il lanista non specifica quali compiti abbia all'interno della sua palestra e Livio deduce che si stia occupando delle incombenze più umili e gravose, dalla pulizia delle latrine al trasporto di carichi pesanti.

Derek è invece descritto da Curzio come un tipo introverso, taciturno e solitario. Tradisce spesso espressioni di insofferenza, soprattutto quando si parla delle virtù di Roma. Il mercante invia a Livio una lettera ogni due anni rivelandogli che ha preso il giovane in simpatia e che lo ha destinato a ragazzo di compagnia di suo figlio per rendere la sua permanenza meno difficoltosa possibile; grazie a questa mansione Derek ha imparato a leggere e a scrivere e riesce a dedicarsi ai suoi interessi. Curzio gli spiega che possiede un grande talento per qualsiasi attività manuale e ha una passione viscerale per gli animali, anche se finisce per affezionarsi troppo.

Brynja è adorabile, gli riferisce Flaminia, e sta diventando bellissima. Questo spaventa un po' Livio perché non vuole che quella giovane schiava si faccia notare. Flaminia gli confessa che deve prestare molta attenzione per non rivelare l'affetto che prova per lei. Nelle loro lettere la definisce "nostra figlia" e Livio, nella solitudine delle notti trascorse fuori dalle tende degli accampamenti, va a caccia delle stelle più luminose per poterle "vedere" entrambe.

Flaminia gli racconta che suo marito ha superato indenne le lotte di potere interne e che il nuovo imperatore Vespasiano ne ha apprezzato il pacato pragmatismo e ora lo tiene in grande considerazione per alcuni dei progetti che si stanno profilando e sui quali c'è ancora molto riserbo. Gli ricorda infine che il loro amore è più forte della lontananza e che lo aspetterà per sempre.

Nella sua ultima lettera del 71 d.C. Livio le scrive: Gerusalemme è caduta, amore mio! Il tempo del mio martirio senza te è terminato: sto tornando a Roma!

Brynja
Roma, domus del senatore Gneo Domizio Liviano

Flaminia la vuole accanto a sé nell'atrio insieme ai suoi figli Valerio e Giulia, e a Polibio, il liberto incaricato di ricordare a lei e a suo marito i nomi, lo *status* e le mansioni degli invitati.

Per la domus del senatore Gneo Domizio Liviano è una giornata memorabile: l'ospite che varcherà la soglia in prossimità del tramonto è l'uomo più potente del mondo.

Brynja è eccitatissima. È vestita e truccata come Giulia e la sua padrona. Hanno trascorso quasi tutta la giornata a prepararsi, ora indossano tuniche bianche da cerimonia e delle parrucche con capelli neri. I loro volti sono sbiancati grazie all'utilizzo di bulbi di narciso e radici di melone. Intorno agli occhi hanno applicato l'inchiostro di seppia e sulle labbra il rosso del cinabro.

Accolgono gli ospiti inchinandosi e sorridendo. Si presentano militari di alto rango, commercianti, architetti, lanisti e il potente senatore Marco Sestio Gemino; alcuni hanno al seguito mogli e schiavi personali.

Polibio li accompagna fino al *triclinium* accennando al programma della serata e arrestandosi in alcuni punti strategici in modo da poter esibire alcune particolarità della domus: le statue dei Lari nell'atrio con gli affreschi alle pareti e i mosaici al suolo, i petali di rosa che galleggiano nell'*impluvium*, le sculture di marmo, i tendaggi di seta color porpora, i vasi egizi, le loriche muscolari di centurioni che si erano distinti in battaglie memorabili nella Roma repubblicana, le fontane del peristilio e i rari arbusti provenienti dal Medio Oriente.

Gneo Domizio Liviano indossa una toga bianca appena lavata e due vistosi anelli d'oro che continua a rigirarsi tra le dita. Entra ed esce dal tablinum salutando distrattamente gli ospiti. Flaminia dà un buffetto a Brynja, i coralli della sua collana danzano nella scollatura. Le dice: «Guarda com'è nervoso... questa sera la sua vita può cambiare per sempre». Poi, inarcando le sopracciglia, indirizza un'occhiata a Polibio che si porta le mani al petto e annuisce. Significa che tutto sta procedendo secondo il copione convenuto: gli ospiti sono rimasti impressionati dalle raffinatezze della villa, gli schiavi hanno provveduto a lavare loro i piedi e ad accompagnarli nei tricliniari stabiliti secondo un preciso ordine gerarchico che lei stessa aveva suggerito al marito.

Il *locus* consolare del letto centrale è ancora vuoto.

Manca soltanto *lui*.

Gneo Domizio Liviano sta confabulando con due architetti, il suo modo di gesticolare rivela ancora nervosismo. Quello che ha in mente potrebbe rivoluzionare la storia di Roma e accreditarlo al rango più elevato del suo *cursus honorum*: il consolato. Ci ha ragionato per due anni, destreggiandosi tra le varie correnti del Senato e non prendendo mai posizione quando a Roma imperversava la guerra civile e gli imperatori dopo Nerone cadevano come foglie, uno dopo l'altro, a distanza di pochi mesi.

Brynja chiede alla sua padrona: «Cosa succederà esattamente questa sera?». Flaminia le sorride: «Non lo so nemmeno io, ma ci saranno delle sorprese. Non ho mai visto Gneo così concentrato».

Giulia si scosta la parrucca per grattarsi la testa, sua madre la esorta a resistere. Proprio in quel momento giunge un pretoriano. Chiede se gli ospiti sono già tutti arrivati. Flaminia conferma e si affaccia sulla strada. Dalla lettiga sostenuta da sei schiavi e circondata da altri cinque pretoriani, spunta una sola persona.

«Ma è da solo? Non è venuto accompagnato?» chiede al soldato.

«No, c'è soltanto *lui*.»

Brynja incrocia lo sguardo angosciato di Flaminia che le dice, la voce bassissima: «Devi andartene da qui».

La ragazza non protesta, ma le chiede cosa abbia fatto di male.

La sua padrona le accarezza le guance: «Niente, tesoro mio, non hai fatto niente».

«Sei soltanto troppo bella» aggiunge.

Lui sta varcando la soglia, Gneo Domizio Liviano si precipita per accoglierlo. La frenesia lo tradisce e sta per inciampare su una cycas, Polibio e un altro schiavo sono reattivi e riescono a sorreggerlo.

L'imperatore Cesare Vespasiano Augusto sfoggia subito il suo sarcasmo appoggiando le mani sulle spalle del senatore: «È davvero incredibile, Domizio, che io ti ritrovi ancora vivo».

* * *

Sei soltanto troppo bella...

Brynja non ha compreso il senso di quella frase, ma se la sua bellezza si fosse rivelata un problema, avrebbe saputo subito come risolverlo. Si sfila la parrucca e lascia che i suoi capelli biondi le cadano disordinatamente sulle spalle. Rimuove le tinte dalle labbra, dagli occhi e dal viso e, davanti a uno specchio, inizia a fare smorfie e a pizzicarsi le guance.

Sobbalza quando alle sue spalle sente la voce di Valerio: «È inutile, sciocca. Anche volendolo, non riuscirai mai a diventare brutta».

Brynja arrossisce e abbassa lo sguardo, poi trova il coraggio di chiedergli: «Perché non posso stare lì con voi?».

«Sei proprio ingenua, Brynja. Dovresti lavare i piedi agli ospiti, non accoglierli all'ingresso con una parrucca. E, proprio perché sei bella, dovresti soddisfarli a letto. Il fatto che mia madre ti conceda dei privilegi e che spesso ti tratti come una figlia non deve illuderti. Sei e rimarrai una schiava, non dimenticarlo mai: l'illusione può essere più crudele della realtà.»

Brynja è disorientata: «E quindi... cosa dovrei fare?».

Il tono di Valerio continua a essere pacato: «Non devi riempirti la testa di parrucche e di speranze, e devi ubbidire ai tuoi padroni. Questo devi fare, soltanto questo».

«Sì, Valerio, questo lo so... e sono ubbidiente.»

Il ragazzo sospira e dopo una lunga pausa dice: «Vedi? Continui a non capire. Mi chiami Valerio, ma pronunciare il mio nome presuppone una confidenza che non puoi permetterti. Sono il tuo padrone, ed è così che devi rivolgerti a me».

Brynja riesce a trattenere le lacrime ma non il tremore del suo corpo. Quel ragazzo che fino a pochi giri di clessidra prima era stato un piacevole compagno di giochi e un complice, adesso sembra un'altra persona. Dice: «Sì, mio padrone, ho capito».

Gli occhi di Valerio s'iniettano di sangue, forse a causa del calice di vino che ha appena bevuto.

Quella voce è orribile, sta pensando Brynja, e continua a essere spaventosamente conciliante: «Quando l'imperatore si apparterà con mio padre, colorerai di nuovo la bocca e gli occhi, ti rimetterai la parrucca, la tunica bianca e mi raggiungerai nella mia stanza».

* * *

Sui tavoli davanti ai letti tricliniari sono stati posati i vassoi d'argento. Gli schiavi addetti ne portano in continuazione: ostriche e carne di fenicottero e di cinghiale, lepri in umido e caviale. In piatti separati sono state destinate le salse di *garum* e le erbe aromatiche.

Il senatore ha disposto che accanto all'imperatore trovino posto i due architetti, il lanista Canio e il mercante Curzio. Le strategie per il consenso sono argomento di discussione ma Vespasiano non è certo un novizio: sa che deve assecondare i capricci dei senatori più autorevoli e ingraziarsi i favori del popolo. *Panem et circenses*: è questa l'unica formula del successo, il dogma del governante. Serviranno milioni di sesterzi per soddisfare i bisogni primari dei cittadini e per allietarli con i ludi. E occorrerà qualche *cosa* di straordinario per consegnargli la memorabilità.

Quello che Gneo Domizio Liviano ha intenzione di proporre questa sera al suo imperatore è proprio quella *cosa*.

L'arrivo delle portate è sincronizzato con i componimenti dei musicisti. Le brocche di mulsum vengono rabboccate di continuo. Con il vassoio intarsiato d'oro colmo di aragoste disposte a piramide parte un applauso. Gli scarti di cibo vengono gettati in terra e gli schiavi sono lesti a rimuoverli e a fornire ai presenti teli di lino e recipienti di acqua profumata per la pulizia delle mani.

Gneo Domizio Liviano è impaziente. Desidera mostrare quanto prima il progetto che renderà Vespasiano una divinità e lui il suo prediletto, ma non può trascurare tutte le altre incombenze necessarie a onorare la visita dell'imperatore, dal cibo alle scenografie, dalle bevande agli intrattenimenti.

Nel peristilio che sua moglie ha fatto abbellire con rare piante esotiche, che i bagliori delle torce disseminate ad hoc lungo il perimetro fanno risaltare, ha programmato l'esibizione di musicisti, attori e danzatrici. Ragazze vergini e giovani egiziani sono collocati in delle stanze attigue, pronti a raggiungere Vespasiano con uno schiocco di dita.

Per impressionare l'imperatore ha inoltre elargito una grossa ricompensa a Canio e a Curzio affinché provvedano a condurre nel peristilio due gladiatori pronti a combattere e una gabbia con dentro una tigre da sfamare al momento.

Anche Vespasiano sembra avvertire la stessa urgenza del senatore e subito dopo un rapido assaggio di datteri essiccati, per l'occasione importati dall'Africa, gli sussurra: «Non dovevi parlarmi di *qualcosa*?».

Gneo Domizio Liviano richiama l'attenzione dei due architetti e conduce l'imperatore nel tablinum. La mancata convocazione di Marco Sestio Gemino non passa inosservata e sarà oggetto di pettegolezzo nei giorni successivi. Flaminia coglie il disagio del senatore escluso e gli si avvicina con una brocca del miglior Caleno.

La *cosa* è nascosta sotto un drappo di colore rosso.

Gneo Domizio Liviano trascina la suspense indugiando su quanto i migliori artisti, architetti e artigiani di Roma si fossero impegnati per idearla e realizzarla e su quanto tempo e quante energie avessero speso.

La *cosa* ha le dimensioni di una lettiga.

Gli architetti intervengono per fornire ulteriori dettagli sulla straordinarietà della creazione senza ancora svelare di cosa si tratti, ma l'impazienza di Vespasiano ha il sopravvento e alla fine è proprio lui a rimuovere il telo.

Il lungo silenzio che segue è un connubio tra meraviglia e sacralità.

Gneo Domizio Liviano lo spezza per dire, il tono solenne, la voce poco più di un bisbiglio, come se stesse confidando un segreto: «Le piramidi, la Sfinge. Il Circo Massimo, qualunque tempio e teatro di Roma, ogni arco e obelisco disseminato nel mondo. Quest'opera sovrasta qualsiasi creazione dell'uomo. Quest'opera ti donerà l'immortalità, ti renderà dio. Cesare Vespasiano Augusto surclasserà ogni re, ogni console, ogni generale, ogni imperatore, farà svanire perfino il ricordo di Giulio Cesare e di Ottaviano. Mio signore, questo è il modello dell'anfiteatro più grande del mondo!».

Vespasiano abbraccia Liviano con le lacrime agli occhi.

«Ora voglio sapere tutto!» gli dice.

***

Flaminia la ritrova nei locali della cucina a ripulire i vassoi. Nota che si è struccata e che ha rimesso addosso i suoi cenci. Le dice di seguirla, che ha in serbo una sorpresa per lei.

Brynja nota l'eccitazione della sua padrona e nasconde il suo tormento. Vorrebbe dirle: "Tienimi con te tutta la notte, tienimi lontana da tuo figlio".

Flaminia la trascina in silenzio in una stanza attigua al tablinum e le bisbiglia: «Sta succedendo qualcosa di straordinario lì dentro, ne sono sicura».

Le due si sdraiano sul pavimento, Brynja cerca le sue mani, Flaminia le bacia una guancia e le permette di appoggiarsi sul suo grembo.

Le voci che provengono dal tablinum sono nitide. L'imperatore ha appena detto: «Ora voglio sapere tutto!».

Brynja si concentra sulle parole degli uomini presenti. Riconosce uno degli architetti. Si chiama Quinto Aterio, sta dicendo: «La forma è ovale, proprio come gli altri anfiteatri, ma sarà immenso. Sarà alto diciassette pertiche e potrà ospitare oltre cinquantamila persone! Sono previsti quattro livelli, i primi tre saranno composti da ottanta arcate. Quelle del primo livello saranno destinate agli ingressi, le altre due all'installazione di centosessanta statue che rappresenteranno gli eroi e le divinità romane».

«È impressionante!» è il commento dell'imperatore. «Ma dove? Dove si farà?» aggiunge.

Il senatore prende la parola: «Pensavamo nello spazio occupato dallo Stagnum Neronis, nella Domus Aurea. In questo modo sarà più facile eliminare il ricordo di quell'uomo indegno. Roma l'ha condannato alla *damnatio memoriae* e desidera la rimozione di ogni opera che lo rappresenti. Occorrerà modificare le condutture dell'acquedotto, svuotare il lago, prosciugare il bacino e bonificare tutta la zona».

Brynja ha già sentito parlare di anfiteatri. Sa che sono i luoghi dove avvengono le uccisioni dei condannati e dove gladiatori e belve combattono. È l'argomento preferito dei romani. Tenta di visualizzare un luogo così imponente ma non riesce a immaginarlo. Flaminia le massaggia i capelli e le sussurra: «Lo Stagnum è il lago dove si specchia il Colosso, la gigantesca statua in bronzo dorato di Nerone. Vespasiano non l'ha distrutta ma l'ha fatta modificare. Ora rappresenta Helios, il dio Sole, ha il mondo intero in una mano e lo scettro dell'imperatore nell'altra. È bellissima, un giorno te la farò vedere».

Brynja era uscita dalla domus soltanto una volta, quando aveva accompagnato altre schiave a vendere anfore di urina a poca distanza dall'ingresso principale.

Gli architetti e il senatore proseguono nella descrizione del progetto: marmi e travertino, mattoni e legno, bronzo e oro. Tutto in quantità incalcolabili. Colonne e capitelli. Quattro porte d'ingresso principali, una riservata all'imperatore. Botole che consentono alle belve di accedere nell'arena dai sotterranei. Uno smisurato *velarium* per proteggere gli spettatori dai raggi del sole e dalla pioggia, sorretto da centinaia di pali posizionati nel quarto livello.

Vespasiano interrompe il racconto: «Va bene, va bene, ora fermatevi un attimo e datemi le brutte notizie, non voglio entusiasmarmi troppo».

«Ci vorranno anni per realizzarlo» dice Quinto Aterio.

«Costerà moltissimo» aggiunge il senatore.

Vespasiano allarga le braccia: «Il denaro lo abbiamo: il bottino di Gerusalemme sarà sufficiente. Il tempo è invece un problema...».

Brynja immagina che la parola "problema" in bocca all'imperatore abbia terrorizzato tutti i presenti, ma è lo stesso Vespasiano a smorzare il disagio: «In effetti l'alternativa sarebbe costruire qualcosa di comune, ma io desidero che il nome della mia famiglia sia accostato a qualcosa di prodigioso per l'eternità».

"Eternità" è un'altra parola che cattura l'attenzione di Brynja. Pensa: "Se il tempo non ha mai fine, significa che sarò schiava per sempre?".

***

Il senatore fa un cenno col capo a Canio e a Curzio.

I presenti si muovono verso il peristilio, dove nel frattempo sono stati posizionati alcuni tricliniari. Questa volta il posto accanto all'imperatore è stato riservato al senatore Marco Sestio Gemino. Gli schiavi riprendono a servire vino e frutta, i musicisti a suonare. Una parodia che ridicolizza Nerone recitata da due attori e un rullo di tamburi anticipano il potente ruggito e l'ingresso di una tigre albina. Curzio incita i dieci addetti a posizionare la gabbia a qualche passo da Vespasiano e si rivolge agli ospiti annunciando: «Questa magnifica e rarissima belva è un dono del figlio dell'imperatore. È con grande emozione che annuncio che il generale Tito sta per tornare a Roma con il bottino del Tempio di Gerusalemme!».

Un lungo applauso accompagna l'enfasi del commerciante mentre due schiavi lanciano lepri ancora vive all'interno della gabbia.

Gneo Domizio Liviano afferra la mano di sua moglie e la stringe. Flaminia non ricambia ma sorride a beneficio di chi li sta osservando. Brynja si affaccia di nascosto per ammirare la tigre, ne aveva sentito parlare ma non ne aveva mai vista una. Sa che sarà uccisa durante i ludi ma non riesce a gioirne. Per qualche motivo che non è ancora in grado di spiegare, prova sentimenti e desideri opposti a quelli della maggioranza dei romani. Scorge Valerio accanto a sua sorella, alle spalle dei suoi genitori; sembrano entrambi rapiti dalla violenza che sta per essere inscenata.

La tigre divora le lepri come se fossero chicchi d'uva e gli ospiti non smettono di incitarla. Quando la fame e il nervosismo della bestia si attenuano, la gabbia viene spostata di qualche passo per permettere ai gladiatori di Canio di prendersi la scena.

I due combattenti sono in perizoma e già imperlati di sudore. I loro muscoli risaltano, hanno cicatrici come serpenti che sembrano strisciare sulle loro schiene e sulle braccia. Si posizionano uno di fronte all'altro in attesa degli ordini impugnando spade di legno. Il lanista si rivolge a Vespasiano e li presenta: «Sono due dei migliori combattenti della mia scuola. Si chiamano Karim e Furio. Questa sera si esibiranno per il diletto dell'imperatore di Roma e degli altri illustri ospiti».

Vespasiano alza il dito indice e Canio urla: «*Pugnate!*».

Karim vuole sorprendere l'avversario ed esegue subito un attacco diretto, velocissimo e potente, ma il suo gladio va prima a vuoto e poi impatta contro quello di Furio, che si piega sulle gambe.

Il pubblico rumoreggia entusiasta, le matrone spalancano la bocca, coppe di vino si sollevano. Uno schiavo è incaricato di raccogliere le scommesse, Karim è quello dato per favorito.

Furio reagisce, ha un corpo meno possente del rivale ma è più agile nei movimenti. Assesta due rapidi fendenti, il secondo segna la pelle del braccio sinistro di Karim.

Vespasiano si sfrega le mani e già proietta le lotte gladiatorie dentro il *suo* anfiteatro, col popolo che gli tributerà onori senza precedenti.

La reazione di Karim è rabbiosa ma disordinata. Furio schiva i suoi colpi e gli saltella intorno per innervosirlo. I suoi movimenti sono eleganti e imprevedibili: colpisce ancora il rivale, di nuovo sul braccio.

Improvvisi soffi di vento scuotono le palme e affievoliscono il bagliore delle torce. Karim sente il sangue gocciolargli fino al polso. La sua risposta è figlia dell'improvvisazione e della collera, una pessima combinazione.

Prova un colpo dall'alto verso il basso ed è in questo frangente che Furio trova lo spazio e il tempo per assestare il fendente decisivo appena sotto lo sterno. Il gladio penetra di un pollice nelle carni dell'avversario, spezzandogli il fiato. Karim si accascia e alza il braccio in segno di resa. I presenti fischiano e lo insultano. Canio è contrariato: gli imperatori pretendono combattimenti avvincenti per soddisfare il pubblico. La smorfia di Gneo Domizio Liviano somiglia a una promessa di ritorsione, ma Vespasiano ci scherza sopra: è una serata in cui niente potrà fargli perdere il buon umore. Si alza, raggiunge il gladiatore sconfitto e ordina che venga soccorso. Aggiusta le pieghe della sua toga e si rivolge ai presenti: «Quest'uomo avrà modo di recuperare e combatterà ancora. Lo farà nel luogo più straordinario che si possa immaginare: l'anfiteatro che porterà il nome della *gens* dei Flavi e che verrà costruito nella Domus Aurea».

Gli ospiti gli accordano un'ovazione, Canio libera un sospiro di sollievo. Gli architetti esultano, anche se i loro nomi saranno sepolti dai governanti e non avranno la paternità di quel miracolo architettonico. Il senatore Marco Sestio Gemino si complimenta con l'imperatore e il padrone della domus, senza mostrare alcun cenno di avversione per essere stato escluso dalle discussioni private e dalla pianificazione di quell'evento così sorprendente. Brynja, che ha continuato a sbirciare nascosta dietro una statua di marmo, l'ha però sentito mentre diceva al suo schiavo personale: «Gneo Domizio Liviano, è lui che dobbiamo fottere!».

«Devo molto a quest'uomo» dice Vespasiano indicando Domizio e invitandolo ad avvicinarsi insieme alla sua famiglia: «È colui che ha ideato il progetto e questa sera, in veste di pontefice massimo, ho l'occasione di poter rendere onore alla sua famiglia».

L'imperatore appoggia una mano sulla testa di sua figlia: «È per questo motivo e per le virtù della sua dinastia che nomino la piccola Giulia della *gens* dei Domizi vestale di Roma!».

Tra i boati di acclamazione che seguono il proclama, Brynja va a cercare lo sguardo di Flaminia. Non sa esattamente cosa significhi quella investitura, anche se una volta ne aveva sentito parlare nella cucina dalle altre schiave.

Le lacrime scorrono sulle guance della domina, sciupandole il trucco. Flaminia sorride facendo intendere ai presenti che si tratta di una reazione provocata dalla gioia.

Gneo Domizio Liviano s'inchina platealmente davanti al suo imperatore, che lo invita a non usare formalità. L'abbraccio che gli concede davanti a tutti, prima di congedarsi richiamando l'attenzione dei pretoriani, sancisce la solidità del loro legame.

Domizio cambia espressione appena Vespasiano varca la soglia.

Brynja conosce il significato di quelle impercettibili contrazioni sul volto del suo padrone e inizia a tremare: qualcosa di orribile sta per accadere.

«Non abbiamo ancora finito di festeggiare» dice il senatore mandando giù altre sorsate di vino e rivolgendosi agli ospiti.

Flaminia trascina via Giulia, Valerio sogghigna intuendo il proseguimento della serata.

Gneo Domizio Liviano afferra il polso del gladiatore sconfitto e dice: «Non sentite anche voi questa brezza? Non avete, come me, dei brividi di freddo?».

Anche Canio ha compreso cosa sta per succedere, non è la prima volta. Abbassa lo sguardo e ordina a due schiavi di immobilizzare Karim e di legarlo a un palo di legno in un angolo del giardino.

Gneo Domizio Liviano gironzola intorno al gladiatore con una torcia in mano.

Alcuni dei presenti distolgono lo sguardo mentre le fiamme crescono sulle cosce di Karim. Le urla del gladiatore surclassano i ruggiti della tigre di nuovo inquieta, interrompendo un silenzio carico di tensione.

«Va meglio, che ne pensate?» dice il senatore ridacchiando. «Non c'è più spazio per improvvisazioni e superficialità» urla adesso, infilando la torcia in bocca al gladiatore che non ha soddisfatto le sue aspettative e gettando ai piedi di Canio una manciata di monete d'oro per pagarne il prezzo.

Brynja riesce a leggere il labiale di Marco Sestio Gemino accanto all'orecchio del suo schiavo: «Dobbiamo fottere questo pazzo. E dobbiamo farlo presto».

Derek
Portus Augusti

«Derek, vieni qui!» urla Curzio.

Lo schiavo si era allontanato dal gruppo di mercanti che stanno gironzolando sul molo in attesa che la nave proveniente da Panormus approdi a Portus Augusti.

Curzio stava investendo in quelli che considerava i prodotti che nel breve periodo avrebbero ottenuto i profitti migliori: animali, pozzolana e schiavi. Mesi prima si era accordato con Nasir, un procacciatore siriano al seguito delle legioni romane in Africa e Medio Oriente. Aveva fatto ottimi affari con lui e ultimamente aveva deciso di affidargli incarichi sempre più impegnativi.

Derek accorre al suo cospetto con un papiro in mano. «Fammi vedere cosa hai combinato» gli dice il suo padrone. Curzio spiega la pergamena e s'incanta a fissarne il contenuto. «È perfetta» sussurra, ammirando i tratti di quella tigre, la stessa che qualche settimana prima si era esibita al cospetto dell'imperatore.

Derek si limita ad annuire, sa di avere un talento poco comune e che il suo padrone ha intenzione di sfruttarlo. Era per questo motivo che Curzio lo aveva allontanato dai suoi schiavi più pericolosi e gli aveva affidato incarichi sempre meno ostici, destinandolo infine al ruolo di accompagnatore di Decio. È proprio suo figlio che ora li sta raggiungendo mentre grida: «La nave! La nave sta arrivando!».

Curzio fissa l'orizzonte intravedendo la sua fortuna. Derek aveva ascoltato le sue confidenze: col progetto del senatore Gneo Domizio Liviano avallato dall'imperatore, per lui nascevano opportunità irripetibili. Il tempismo poteva fare la differenza. Con l'inaugurazione del nuovo anfiteatro, Vespasiano avrebbe richiesto migliaia di animali. Era forse prematuro, ma specializzarsi nella loro compravendita e nell'addestramento lo avrebbe reso uno degli uomini più ricchi dell'Impero. Sapeva inoltre che per la realizzazione di quel colosso sarebbero stati impiegati un gran numero di artigiani e di artisti: era necessario creare statue, colonne, capitelli, insegne, mosaici, e Derek, ne era certo, poteva essere uno dei prescelti.

Qualche giorno prima Derek aveva percorso insieme a lui le caotiche vie di Roma. Curzio gli aveva ordinato di portare con sé delle *charte*, indicandogli gli eroi e le divinità che i romani omaggiavano: «Prendi nota, Derek. Dovrai disegnarle e, un giorno, scolpirle per l'imperatore».

Derek si guarda intorno e nota il fermento di centinaia di uomini, tra commercianti, schiavi e addetti al porto. Dopo l'attracco, la nave dovrà essere svuotata del suo contenuto. Il Portus Augusti è un'altra opera in grado di sbalordire i visitatori di Roma. Il molo di calcestruzzo è collegato ai magazzini per lo stoccaggio e si sviluppa su due bacini. Le banchine permettono l'approdo di decine di imbarcazioni e grandi darsene ne consentono il ricovero. Alcuni canali collegano le acque del Mare Nostrum a quelle del Tevere e decine di chiatte sono già allineate, pronte a risalire il fiume fino a Roma per il trasporto delle merci.

Il mercante accarezza i suoi soffici capelli biondi e gli indica la statua accanto al faro, all'estremità di una diga: «Ricorda, quello è Nettuno, il dio del mare».

Curzio ha come un sobbalzo. Derek comprende che quel gesto così affettuoso potrebbe essere notato da Decio. Il suo padrone si scosta e con un tono brusco gli ordina di raggiungere gli altri servi in attesa di istruzioni.

Non funziona. Decio ha visto e ora, con un ghigno spietato disegnato sul volto, sta prendendo a bastonate un cane randagio che si aggira nei paraggi dei magazzini a caccia di cibo.

Derek si allontana scorgendo una smorfia di disgusto sul volto di Curzio e va ad appostarsi nei pressi della nave. Stringe i pugni e bisbiglia qualcosa che nessuno riesce ad ascoltare.

Maledetti romani, è quello che ha appena detto.

***

Olio e grano contenuti in migliaia di anfore e cassoni sono le prime merci che vengono posate al suolo. Sulle banchine si formano subito cordoni di carri che s'intralciano tra loro. Due schiavi dalla voce tonante iniziano ad annunciare i prodotti che saranno scaricati, nel tentativo di evitare che si creino assembramenti. Seguono prodotti dell'Oriente, soprattutto tessuti, piante e spezie.

Un obelisco alto cinque pertiche proveniente dall'Egitto precede la fuoriuscita degli schiavi. La maggior parte di loro sono destinati al mercato, ma se ne possono accaparrare alcuni versando un sovraprezzo. Curzio rintraccia Nasir e con un cenno del capo gli chiede se ci sono possibilità di acquisto. Il procacciatore annuisce e mostra indice e medio. Significa che potrebbe riuscire a procurargliene due.

Derek sta definendo i contorni del torace di Nettuno ma in un secondo papiro sta disegnando anche un sentiero dove il cane che Decio ha appena massacrato sta di nuovo correndo.

Adora gli animali, cani e cavalli in particolare. Di sicuro li preferisce agli uomini, e immagina che la loro ferocia derivi solo dall'istinto di sopravvivenza e da certe lezioni impartite da persone prive di scrupoli. Ha avuto modo di vederne alcuni meravigliosi nella tenuta del suo padrone. Intrappolati in gabbie e spesso nutriti con le carni di altri animali o di uomini condannati a morte, ha ammirato tigri, leoni, leopardi, scimmie e orsi. Sa che Curzio è intenzionato ad aumentare gli approvvigionamenti e che a breve assolderà altri addestratori. Sa anche che quelle bestie sono destinate a morire, combattendo tra di loro o contro i *venatores* nel corso di spettacoli che cittadini di alto rango organizzeranno per ingraziarsi i favori del popolo. In fondo per lui è questo il *cursus honorum* di cui sente spesso parlare: i patrizi devono comprare il consenso della plebe per farsi eleggere e accedere ai ruoli di governo più ambiti.

Ascolta le storie degli altri uomini al servizio di Curzio. Alcuni di loro provengono da posti lontanissimi, ai confini del mondo, e hanno avuto occasione di ammirare animali straordinari. Ha sentito parlare di elefanti, di rinoceronti e di gorilla, di serpenti terrificanti. Ha provato a disegnarli seguendo le indicazioni dei testimoni. Quello che aveva avuto più esperienze era Agron, un soldato nemico dell'Impero e poi ausiliario delle legioni romane impiegate nelle campagne ai confini del mondo.

Un giorno Derek gli aveva chiesto: «Noi schiavi... siamo moltissimi; perché non ci organizziamo e reagiamo? Perché non proviamo a guadagnarci la libertà lottando? Com'è possibile che alcuni uomini possano disporre di altri a proprio piacimento? Io non so come spiegarlo, ma...».

Agron gli aveva accarezzato la testa: «Ti sei spiegato benissimo Derek e, per quello che può valere, hai ragione. Ma i romani sono imbattibili, e io troppo vecchio...

Un giorno ti racconterò la storia di un grande generale schiavo che si è ribellato e che ha terrorizzato Roma, ma sappi che non c'è mai stato un lieto fine per chi ha provato a reagire».

Derek aveva insistito ma era riuscito a estorcergli solo il nome di quell'uomo.

«Si chiamava Spartaco. Alcune delle duemila croci dove sono stati inchiodati i suoi uomini sono ancora piantate sulla via Appia, da Roma a Capua. Io le ho viste. È un monito per chiunque mediti pensieri di ribellione. E ti assicuro che funziona.»

Gli schiavi stanno scendendo dalla nave. Sono incatenati e ognuno di loro ha un cartello appeso al collo con l'indicazione dell'età, della provenienza e del presunto impiego. Pensa a suo padre e immagina che abbia subito una sorte simile: strappato alla sua terra da ragazzo e costretto a servire un padrone che l'ha comprato al mercato, come se si fosse trattato di una tunica, di una focaccia, di un paio di sandali.

Curzio si avvicina a Nasir e controlla la muscolatura e le mani di due di loro. Derek nota che alcuni sono rinchiusi nelle gabbie, proprio come le fiere, e immagina che si tratti di quelli più pericolosi. Anche suo padre, ne è certo, ha visto Roma per la prima volta dietro sbarre di ferro.

Ora sta definendo il suo disegno tratteggiando delle stelle alla fine del sentiero. Si concentra su quelle strane lanterne gettate nel vuoto e che brillano nel buio.

Per lui rappresentano una sorta di scappatoia da tutto il nero del mondo.

Qualcosa che rassicura, che offre felicità.

E quel buio, per lui, è ancora Roma.

***

È il turno degli animali.

Derek afferra il papiro e si posiziona in una parte del molo dove può ottenere una visuale migliore.

Anche questa volta, Curzio lo esenta dai lavori più faticosi, chiamando a raccolta tutti gli altri schiavi disponibili e ordinando ad alcuni di loro di iniziare a preparare le sue due chiatte per l'imminente partenza.

Scaricare le bestie è un'operazione laboriosa che richiede la massima concentrazione e ogni distrazione potrebbe essere letale.

Derek avverte un fremito di eccitazione.

Ecco tre leonesse e due leoni. I loro ruggiti coprono il vociare dei mercanti. Ecco le tigri e i leopardi, ci sono anche i loro cuccioli, ecco un orso.

Due leonesse sono morte durante il viaggio e cinque addetti si adoperano per ridurle a pezzi da destinare alla rivendita.

Ora è il turno di una possente bestia con un corno sul muso, dev'essere un rinoceronte. La processione prosegue con altri animali che lui non conosce, ma anche questa volta non c'è traccia di elefanti e gorilla. Si deve accontentare di altri esemplari che anche gli altri presenti trovano sorprendenti. Assomigliano a cavalli ma alcuni hanno delle chiazze sul corpo e un collo lunghissimo. «Le giraffe!» urlano i banditori. Altri hanno delle gobbe sulla groppa. «Ecco i cammelli!»

Le gabbie vengono posizionate su sollevatori che una trentina di uomini manovrano a fatica. «Coccodrilli e ippopotami!» continuano a urlare i banditori a beneficio dei potenziali acquirenti.

Curzio stringe la mano a Nasir, Derek non sa cosa abbia comprato.

Nel frattempo sei schiavi stanno appoggiando un grande sacco al suolo. I loro sforzi e lo scrupolo che vi dedicano attestano la pericolosità dell'animale che vi è rinchiuso. Una calca di curiosi si forma rapidamente intorno.

Derek ha perso la visuale e inizia a correre per avvicinarsi il più possibile a quel sacco. Un piccolo spiraglio si apre tra braccia, gambe e schiene di chi si trova davanti a lui e alla fine riesce a vedere di cosa si tratta.

«Un pitone!» grida uno dei presenti.

È un serpente immenso. Lungo almeno tre pertiche, valuta Derek, come sei uomini uno sopra all'altro, e all'interno del suo corpo s'intravede la sagoma di un uomo.

Nasir sta ridendo come un pazzo: «Guardate! Ha inghiottito un bambino curioso!».

***

Sente una mano afferrargli il braccio e si volta di scatto.

Vede Decio, i pugni stretti, lo sguardo cattivo e cinque giovani dietro di lui: «Vieni, schiavo, dobbiamo caricare una bestia sulla chiatta».

Derek non riconosce nessuno di loro. Lascia che lo circondino senza obiettare e insieme percorrono un lungo tratto di molo prima di svoltare nel viale dei magazzini. "Rodope di gusti raffinati si offre per due assi" c'è scritto su una delle pareti di tufo, sotto due incisioni che recitano: "Giove, liberami dalla schiavitù" e "Nerone vergogna di Roma".

Derek sa già di essere vittima di un agguato ma non ha modo di reagire e spera che tutto si risolva presto.

Lo scortano in uno dei locali adibiti a deposito. È buio e lurido, sembra abbandonato. Gli odori putridi suggeriscono che sia utilizzato soprattutto come latrina. Quattro di loro gli immobilizzano gambe e braccia, il quinto gli afferra la faccia e la tiene rivolta verso l'alto.

«Ha proprio un bel viso, non trovate?» sghignazza Decio sopra di lui, un ciondolo d'oro a forma di leone che gli balla davanti. «Cosa dite, lo fottiamo come una puttana?»

L'orgoglio di Derek gli impedisce di chiedere pietà e di frignare suppliche. Non prova nemmeno a reagire, non avrebbe alcuna possibilità.

Gli altri giovani sghignazzano e lo sbeffeggiano: «Hai ragione, è proprio un bel giovane». Gli tolgono le vesti e lo lasciano in perizoma. Scovano delle torce, le accendono e le fanno scorrere sopra di lui, a un piede di distanza dalle sue gambe, dal ventre, dal petto.

Decio si guarda intorno, trova delle catene, gliele applica intorno al collo e le fissa al suolo. Derek inizia a scalciare, le sue reazioni sono inutili e oggetto di derisione.

«Ora!» dice Decio a un tratto e tutti inclinano le torce verso il basso. Gocce incandescenti precipitano sul suo corpo.

Gli ustionano lembi di pelle sopra caviglie e ginocchia, accanto all'inguine, sui capezzoli. Derek digrigna i denti, il dolore cresce fino a divenire insopportabile e non può evitare di urlare. Il naso di Decio si appoggia al suo: «Vuoi farci un disegnino adesso?».

Derek prova a colpirlo con una testata ma le catene che lo costringono alle travi di legno del pavimento hanno poco gioco.

Nota che due dei suoi aguzzini si scostano e iniziano a fissare Decio con un'espressione sorpresa che potrebbe significare: "Ora può bastare, cos'altro?".

Ma Decio ha altre idee in serbo. Respira in maniera affannosa e continua a insultarlo: «Maledetto schiavo, non ti ammazzerò! Tu vivrai! Vivrai circondato di specchi, non dovrai mai dimenticare quello che sei!».

Le torce ora gravitano sopra la sua testa.

«Ora!» dice ancora Decio.

Lacrime di fuoco cadono sulla sua faccia.

Derek sente la pelle del suo viso sciogliersi, divenire cera, colare sui capelli e sulle labbra.

Sta per arrendersi alla sofferenza, implora Decio di ucciderlo. Spinge il collo con tutte le forze che ha a disposizione contro gli anelli di ferro per tentare di soffocarsi ma anche in questo caso il suo tentativo risulta vano.

Chiude gli occhi, il buio lo avvolge.

La sua stella preferita è la morte.

***

Si risveglia in piena notte, è steso nel giaciglio del suo misero loculo.

Hela, il cane pugnax da guardia nero, è ai suoi piedi; Agron è al suo fianco e si affretta a chiedergli: «Cosa è successo?».

Derek non gli risponde, è dolorante e confuso, forse vorrebbe chiedergli la stessa cosa. È avvolto da una coperta e a stento riesce a muovere le mani. «Stai tranquillo e non muoverti, devo andare ad avvisare il padrone» gli dice Agron precipitandosi fuori.

Derek scosta la coperta e si tocca il viso. Si accorge che è ricoperto di bende, come gran parte del suo corpo. All'improvviso ricorda tutto. Scosta le fasce sotto gli occhi e si tocca le guance per un attimo. Sa cosa deve fare, lui non si farà dileggiare da nessuno.

Si alza, sfila un chiodo dalle assi di legno del pavimento ed esce dalla stanza riacquisendo gradualmente le forze. Lascia che Hela gli lecchi le mani. All'interno della tenuta, i bagliori delle torce spezzano il buio di una notte senza stelle. Su una parete di travertino utilizza il chiodo per disegnare la sua ultima creazione, poi si dirige nel deposito delle belve e solo adesso scopre che Curzio quel giorno ha acquistato due tigri e un leone.

Le bestie ruggiscono debolmente e i cani abbaiano, ma succede tutte le notti e nessuno ci baderà. Si avvicina alle gabbie dei felini. Alcuni appaiono mansueti e hanno il muso ancora sporco di sangue. Significa che sono sazi. Sceglie l'unico leone che appare irrequieto. Incastra il chiodo nella spaccatura di un bastone e con quello, infilandolo attraverso le sbarre, inizia a colpirlo.

La rabbia di Derek era rimasta sempre latente in tutti quegli anni ma col tempo si era attenuata. Nonostante ritenesse ingiuste molte delle consuetudini romane, c'erano diversi spaccati della sua esistenza che lo appagavano, senza considerare che era stato proprio un romano a salvarlo e ad avere compassione per suo padre. La benevolenza del suo padrone, insieme a quella degli altri schiavi e dello stesso Decio, almeno fino a poco tempo prima, lo aveva fatto sentire protetto. I racconti di uomini virtuosi lo affascinavano, al pari degli animali, quasi tutti, del mare, di alcune piante e del cielo. Il mondo riusciva ad affascinarlo, a sorprenderlo, e chissà quanto ce n'era ancora da scoprire. Con il suo talento avrebbe potuto in futuro dedicarsi alla pittura, alla scrittura e alla scultura. Sapeva che gli schiavi in possesso di abilità specifiche erano più tutelati e magari in futuro ci sarebbe stata l'opportunità di affrancarsi. Avrebbe rintracciato sua sorella e il suo amico Arild, avrebbe cercato di liberarli e poi con loro avrebbe viaggiato alla scoperta di tutti quei mondi a lui ignoti. Avrebbe portato con sé Hela e forse Agron. I sogni, aveva capito, potevano appartenere anche agli schiavi e alcune volte si realizzavano.

Non era il suo caso.

Non dopo quello che era successo.

Derek si toglie le bende e con un pezzo di vetro trovato dentro un carro, proprio accanto a una di quelle torce che quel giorno lo avevano reso un mostro, fissa la sua nuova faccia. I suoi occhi si bagnano all'istante. Sente le lacrime scorrere su pezzi di guancia che sembrano mescolati tra loro e seguire poi percorsi che si spezzano di continuo.

Libera il leone dalla gabbia e sussurra: «Padre, spero di ritrovarti nell'Ade».

***

Curzio si precipita nei locali dove alloggiano i suoi schiavi con una lanterna a olio, di Derek nessuna traccia. Urla il suo nome, si rivolge ad Agron che allarga le braccia: «Era qui un attimo fa, dominus».

Curzio boccheggia: «Andiamo a cercarlo!».

La tenuta ha un'area smisurata, ma ora sono soprattutto i versi degli animali a indirizzare la sua corsa. È lesto a raggiungere il cortile davanti ai depositi con le gabbie, ma poco prima la sua attenzione è catturata da un disegno che non aveva mai visto prima. Lo tocca e le sue dita rimangono imbrattate di sangue fresco. «Maledizione, Decio, cosa gli hai fatto?» bisbiglia, e accompagna il nome di suo figlio con una serie di imprecazioni a Giove.

Poi li vede.

Un leone sta puntando Derek, che non oppone alcuna resistenza e che non tenta nemmeno di fuggire. Curzio ha già capito: il giovane schiavo ha liberato il felino per farsi sbranare. Hela si frappone tra i due abbaiando rabbiosamente. L'istinto la spinge a indietreggiare, ma ha ormai concentrato su di sé le attenzioni del leone e impedito alla belva di sferrare l'attacco mortale.

Le grida degli uomini e delle donne che nel frattempo si sono svegliati e sono sopraggiunti si mescolano ai ruggiti delle fiere. Derek rimane immobile e a Curzio sembra di notare un gesto di disappunto: è evidente che Hela sta guastando il suo proposito di suicidarsi.

«Derek, fuggi!» grida Curzio mentre il leone chiude in un angolo il cane.

Ora è il giovane schiavo a inserirsi tra i due animali, come se all'improvviso si fosse ridestato. Derek ha impugnato di nuovo il bastone e pungola il leone attraendolo a sé. Hela attacca la belva alle spalle e ai fianchi.

I rapidi e improvvisi movimenti dei suoi avversari disorientano il leone.

Agron e altri nove schiavi stanno accorrendo con delle lance e delle reti. Derek affonda un colpo, il chiodo penetra nel collo del leone. La sorpresa ha l'effetto di far guadagnare ancora tempo ed è in questo frangente che avviene il lancio simultaneo delle reti.

Il leone tenta una reazione ma è ormai imbrigliato, una serie di abili movimenti combinati permettono agli addetti di immobilizzarlo.

Derek è rimasto fermo davanti all'ingresso del deposito. Hela scodinzola al suo fianco e gli lecca le cosce che stanno colando sangue. Tutti i presenti compongono un semicerchio davanti a lui. Molti abbassano lo sguardo notando le sue deformazioni. Lembi di pelle frastagliata in molte parti del suo corpo sembrano una composizione di mosaici posati in maniera sbagliata. I primi raggi di sole si appoggiano alla sua faccia rivelandone l'oscenità e presentando alla fattoria una bestia inedita.

Decio se ne sta in disparte e nasconde un ghigno: è certo che suo padre disporrà l'uccisione dello schiavo che ha causato quel putiferio. I presenti si chiedono come sia stata possibile la fuga del leone e presto sarà evidente la responsabilità di Derek. Intanto, però, lo acclamano per il coraggio dimostrato.

Davanti a Curzio continua a riaffacciarsi l'immagine dell'ultimo disegno del suo schiavo: un uomo che stacca la testa al suo nemico con un gladio.

Gli schizzi di sangue sulla scena sono reali e il mercante sa che provengono dalle ferite che Derek si è inferto sulle cosce.

Nel disegno, la testa mozzata cade al suolo insieme a un ciondolo che ha la forma di un leone.

Il ciondolo di Decio...

Sul gladio dell'altro uomo c'è scritto Spartaco.

Curzio si posiziona davanti a Derek e lo fissa per lunghi istanti.

Deve scegliere tra lui e suo figlio.

Quindi: non ha scelta.

Hela gli ringhia contro: anche la bestia ha già scelto.

Lo sguardo che Derek gli sta rivolgendo è terrificante, ma lui è sicuro che quegli strambi occhi lo stiano in qualche assurdo modo ringraziando.

Alla fine Curzio gli dice, alzando la voce in modo che tutti possano ascoltare le sue parole: «Non preoccuparti, ti aiuterò io a morire. E lo farò molto presto».

Arild
Roma, scuola gladiatoria / Stagnum Neronis

Avidio prende a calci uno sgabello di legno fino a distruggerlo. Afferra delle anfore e le sbatte sul pavimento, il vino insudicia i laterizi. Raggiunge l'arena della sua scuola, si procura un gladio di legno e inizia a batterlo sul palo fino ai crampi.

Arild gli porta una caraffa d'acqua anticipando il suo imminente ordine.

La voce che Gneo Domizio Liviano aveva scelto il lanista Canio al posto del suo padrone per organizzare un incontro tra gladiatori si era sparsa in fretta. I lottatori si erano sfidati nella domus del senatore, addirittura alla presenza dell'imperatore! Avidio non se capacitava, doveva lui essere il prescelto. Tutti i suoi sforzi si erano rivelati inutili: per conquistare le attenzioni del senatore, nel corso dei loro incontri alle terme, gli aveva elargito mucchi di sesterzi, anfore di pregiato mulsum e prostitute vergini.

Arild è un servitore attento: «Hai bisogno di altro, mio signore?».

Avidio è spossato e si è sfogato abbastanza. Si accascia sulla sabbia, fissa il giovane schiavo e sbuffa: «Certo, ho bisogno di altri gladiatori». Sa che la sua scuola non gode di particolare credito tra i nobili romani, anche se alcuni dei suoi combattenti sono tra i migliori dell'Urbe. Forse sta ancora pagando il fatto di aver truccato un incontro, due anni prima, per intascare i denari delle scommesse.

Arild ha un fisico poderoso. Già a quindici anni la sua massa muscolare si era sviluppata in maniera quasi innaturale. Le dure mansioni che aveva svolto fin dal suo arrivo nella palestra di Avidio lo avevano temprato: la fatica e il dolore non erano mai stati un problema. I racconti dei gladiatori con più esperienza e di Lentulo, il doctor, lo hanno appassionato. Sa cosa vuole diventare e approfitta dell'occasione per dirlo: «Uno potrei essere io. Fammi provare, padrone, mettimi alla prova».

Avidio si alza di scatto e sferra un colpo di gladio contro la sua gamba.

«Perché mi stai punendo, dominus?» gli chiede quel ragazzo senza pudore.

Avidio si libera della sabbia che gli riveste le gambe e getta l'arma: «Non ti sto punendo, stupido ragazzo».

Solo ora Arild realizza che il suo padrone la prova gliel'aveva appena accordata e che lui aveva fallito, facendosi sorprendere dal fendente.

«Dovrai continuare a pulire le latrine ancora per molto tempo» gli dice Avidio allontanandosi «e ringraziami, con quei riflessi moriresti in un battere di ciglia.»

Arild trova lo sguardo di una decina di gladiatori che si stanno allenando. Gli addominali scolpiti e le cicatrici. Il marchio della scuola sulla spalla sinistra, la pelle oleata, la sabbia fino alle ginocchia.

Hanno fatto pausa per assistere al *suo* spettacolo.

E stanno tutti ridendo di lui.

***

Alla fine della via, lo spazio esplode in una piazza enorme.

Arild osserva i palchi di legno allineati lungo il perimetro. C'è da sgomitare per avanzare tra la folla. Gli odori sono nauseanti: sudore, urina e carne putrida.

Avidio ha disposto che lui, altri tre schiavi e il doctor lo accompagnassero al mercato. Ha pensato di avviare un'attività parallela alla scuola gladiatoria e adesso vuole fare incetta di schiavi da impiegare come manovalanza in occasione dei lavori per la costruzione del nuovo anfiteatro. Ormai a Roma non si parla d'altro. Non ne conosce i dettagli ma immagina che verranno impegnate decine di migliaia di persone. Ha la lista della spesa: cerca uomini possenti adatti ai lavori più pesanti e magari tra questi avrebbe scovato gladiatori degni di partecipare ai ludi.

I venditori hanno allestito delle piccole tribune di legno dove espongono la loro mercanzia. La passano in rassegna e ne decantano le virtù, sorvolando sui difetti. I requisiti sono anche riassunti nei cartelli appesi al collo di ogni schiavo. È necessario alzare la voce per coprire i rumori del circondario: le contrattazioni sono frenetiche e, per conto dei patrizi più abbienti, sono soprattutto i liberti quelli coinvolti nelle trattative con i venditori.

«È duro come un elmo!» sta urlando un mercante toccando il seno di una ragazza. Le proposte si susseguono senza sosta: «cuoche raffinate!», «bambina danzatrice!», «fanciulla massaggiatrice!».

Per Arild è la prima volta al mercato. Il disordine, la confusione, le battute sarcastiche, i litigi, l'enfasi e quel modo palesemente falso di millantare le qualità della mercanzia lo attraggono e lo divertono. Nota che non tutti gli schiavi indossano il collare e alcune volte non è semplice distinguerli dai liberti e dai plebei. Altri invece sono marchiati sul viso o sulle spalle con puntelli roventi, soprattutto quelli più problematici o che si sono macchiati di gesti ritenuti infami. Lentulo sa leggere e gli spiega il significato di alcune marchiature. *Fug* è un fuggitivo, *fur* è un ladro, *kal* un truffatore.

I palchi che seguono sono composti da uomini, ordinati per impiego. Insegnanti, musicisti, architetti, cuochi, contabili. Avidio prosegue, non è interessato. Poco più avanti, in palchi simili, sono disposti uomini in base alle proprie caratteristiche fisiche. Avidio palpeggia muscoli e ispeziona denti, gengive e capelli. Ha preferenze per quelli che comprendono il latino. Ne sceglie tre altissimi, tutti galli, soldati nemici sconfitti in battaglia. «Diecimila sesterzi» dice al venditore col tono di chi non ha nessuna intenzione di contrattare. La negoziazione si chiude con un sovrapprezzo di cinquecento sesterzi ma è compresa la consegna dei tre direttamente nella scuola gladiatoria.

Arild continua a sbirciare tra i palchi: nani che ballano, donne costrette a spogliarsi, uomini malmenati da potenziali clienti per verificare le loro reazioni, bambine in saldo per impieghi da definirsi. Non poteva immaginare che ce ne fossero così tanti. Interroga il doctor che intuisce le sue perplessità.

«Schiavi» dice il doctor mentre Avidio conclude l'affare. «Sono loro la vera forza dell'Impero. Sono quelli che procacciano il cibo, pastori e contadini soprattutto. Sono quelli che supportano l'amministrazione pubblica, quelli addetti alle costruzioni di strade, ponti, case, templi. Sono il bacino sacrificabile per gli spettacoli gladiatori e il mangime per le belve, all'occasione. Non hanno diritti, come gli animali. Sono soltanto cose, sono *res*, e la loro sopravvivenza è legata alla loro obbedienza e alla loro efficienza. *Statius*, li chiamano alcuni: sono coloro che aspettano gli ordini del padrone. I romani dicono che il cittadino privo di schiavi è nudo come un soldato senza armi e quelli più ricchi lo sanno benissimo: sono stati allattati da una nutrice schiava, hanno giocato con gli schiavi bambini che gravitavano nella domus, hanno avuto maestri di greco schiavi. Li hanno avuti sempre intorno: tesorieri, scudieri, segretari, faccendieri, maggiordomi. Molti hanno incarichi di responsabilità, di fiducia, e altri svolgono mansioni sessuali che possono anche avere risvolti affettivi.»

«Perché mi stai dicendo queste cose, doctor?»

«Perché in fondo diventare gladiatore non è una brutta idea.»

«Mi aiuterai?»

«Non sei pronto, ma chissà, forse un giorno...»

«Cinquemila sesterzi per quei due e la donna bruna. Questi li portiamo via subito» dice Avidio rivolgendosi a un altro mercante.

«Cosa deve farci, con i nani?» chiede Arild.

Lentulo sorride: «I romani si divertono in maniera stravagante, presto avrai occasione di verificarlo».

Arild è incaricato di tenere le catene che tengono legati i nuovi acquisti.

«Abbiamo finito» dice Avidio fissandolo. «Domani andrai con i galli a lavorare nella Domus Aurea, servono anche le tue braccia.»

Arild sbuffa senza farsi scoprire e dà un'ultima sbirciata in giro.

Res, dappertutto.

* * *

I gladiatori accendono un fuoco al centro dell'arena e si siedono intorno. È una concessione di Avidio per alleviare le ristrettezze della loro prigionia e fare in modo che non pensino troppo alla fuga o al suicidio. Di solito è Lentulo a intrattenerli. È quello con più esperienze, quello che ha combattuto di più, quello che ha visto più mondi.

Arild gli è sempre accanto, non vuole perdersi nemmeno un aneddoto, la sua curiosità è insaziabile.

I galli sono già arrivati ma nessuno ha ancora tolto loro le catene, il doctor li piazza di fronte a lui per controllarli. «Ero all'anfiteatro di Capua...» inizia a dire rispondendo alla domanda di uno dei gladiatori che vuole sapere quando ha ottenuto il *rudis*. «Era una giornata bollente, la sabbia bruciava e tutti i combattenti erano già debilitati. Lo ammetto, il caldo è stata la mia fortuna. Come sapete ero un reziario e combattevo contro un secutor.»

Arild conosce già le regole degli accoppiamenti. Erano stati studiati per rendere i duelli equilibrati e di riflesso più avvincenti. Un reziario ha in dotazione un tridente, un pugnale e una rete. È privo di elmo e di calzature e le sue uniche protezioni sono una manica loricata e un parabraccio di bronzo. Il suo avversario è provvisto di uno scudo che ne copre quasi interamente il corpo e di un gladio. La tibia è coperta da un gambale di ferro, il braccio destro da una manica a scaglie di metallo, la testa da un elmo tondo di bronzo con una cresta e due piccoli fori per gli occhi.

Lentulo prosegue il racconto: «Il mio avversario era possente ed era il miglior secutor che avessi mai visto. Durante gli allenamenti non era mai stato sopraffatto da nessuno. Il lanista lo aveva chiamato Calvus, era un legionario romano che aveva nostalgia dei combattimenti e che probabilmente dopo il congedo aveva contratto dei debiti. L'anfiteatro era pieno, quel giorno. C'erano decine di senatori, addirittura un console. Avevo pochissime speranze, la sera prima avevo fatto testamento, ero pronto».

Intorno a Lentulo, solo silenzio.

«Sì, ero pronto a morire. Tutti quelli che hanno già giurato e che hanno combattuto, tra voi, sanno cosa intendo. Ho iniziato a correre lungo il perimetro dell'arena, ma non era codardia, era una strategia. Il pubblico non la pensava così, iniziò a fischiare e ad augurare la mia uccisione. L'eccitazione di Calvus, per quel sostegno così plateale, lo spronò a rincorrermi in maniera sconsiderata. Il peso delle sue armature, insieme a quel sole infuocato, lo fiaccarono dopo un paio di giri. Sentivo i suoi respiri alle mie spalle sempre più affannati e quando fui certo che fosse giunto il momento adatto finsi di scivolare.»

Le labbra di molti gladiatori si allargano, le sopracciglia si aggrottano dalla concentrazione. Perfino i galli sembrano interessati, anche se non tradiscono alcuna reazione che possa svelarne lo stato d'animo.

«Mi sdraiai su un fianco. Con entrambe le mani serrai la presa sul tridente e lo piantai nella sabbia. Poi di colpo lo capovolsi e sollevai le punte: Calvus non riuscì a fermarsi e si ritrovò le tre lame infilate in pancia. Crollò sulla sabbia che si colorò all'istante di rosso. Io gli gettai la rete addosso e sfilai il pugnale. Lui sollevò la mano destra, io rimasi in attesa.»

Arild conosce il significato di quell'attesa: il gladiatore sconfitto stava chiedendo di essere graziato.

«Il pubblico era diviso. Le invocazioni "*Mitte!*" e "*Iugula!*" erano in equilibrio. La decisione spettava all'organizzatore dei giochi, uno dei senatori.» Lentulo inscena una pausa per accrescere la tensione e si gode le colorite richieste dei presenti che lo esortano a concludere il racconto.

Proprio in quel momento uno schiavo assegnato alla vigilanza attira però l'attenzione del doctor fischiando. Lentulo si scosta per ascoltare le indicazioni di quel sorvegliante e poi pronuncia tre nomi: «Felix, Hermes, Robustus, potete andare».

Arild intuisce il motivo di quella chiamata: i tre gladiatori sono destinati a soddisfare le voglie sessuali dei patrizi romani. Sa che l'incombenza di accompagnarli nella stalla spetterà a lui e anticipa la convocazione del doctor avviandosi a testa bassa verso l'ingresso senza nascondere un gesto di disappunto: non potrà ascoltare il finale della storia.

***

Hermes, Felix e Robustus sono i tre combattenti più richiesti. Hanno già lottato e ottenuto vittorie nelle piazze di Roma, al Circo Massimo e perfino nell'anfiteatro di Pompei.

Arild conta le monete ricevute dagli *ospiti* e fa loro un cenno di assenso.

Hermes si apparta con due donne, Felix con una terza. Per Robustus ci sono invece due maschi. Tra le incombenze di Arild c'è anche quella di controllare che non si verifichino problemi. In passato qualche *cliente* si era macchiato di violenze eccessive e in un'occasione un gladiatore aveva procurato a una matrona romana degli ematomi che non erano passati inosservati al Foro.

Arild continua a chiedersi quale sia stata la scelta dell'organizzatore dei giochi il giorno della liberazione di Lentulo.

"*Lascialo andare!*"

"*Sgozzalo!*"

La sua presenza nella stalla non passa inosservata. Una delle donne, ansimando, lo invita a unirsi a loro. Hermes è alle sue spalle e non sembra badarci.

Le regole impongono che lui non possa avvicinarsi a nessuno di loro, la pena per l'inadempienza potrebbe essere la morte. Osserva Hermes, secutor come gli sfidanti di Lentulo. Osserva Felix il trace, che combatte contro i mirmilli. Osserva Robustus il provocator, al quale vengono opposti gladiatori della stessa categoria. Arild li sta studiando da mesi. I loro movimenti, le loro caratteristiche. I punti di forza e quelli deboli. Non ha la loro esperienza, non ancora, ma lontano da occhi indiscreti, nella solitudine e nei brevi momenti di pausa che gli vengono concessi, si è addestrato. Ha simulato le movenze e i colpi che ha visto durante gli allenamenti e ritiene di essere già abbastanza forte da poter sfidare la maggior parte di loro.

Arild ascolta le acclamazioni degli altri gladiatori: il doctor ha finito di raccontare la sua storia di affrancamento ottenendo il bastone della libertà, e forse sta per iniziarne un'altra.

«Sei anche tu un gladiatore?» gli chiede una delle due donne nelle *mani* di Hermes. La tunica bianca che indossava poco prima è appesa a una scala di legno. «Non devi toccarmi i capelli» ha appena detto al gladiatore scelto per la serata «e non devi permetterti di prendere iniziative, se non te lo ordino io.» La sua collana di perle le balla tra i seni.

«No, è quello che ci porta da mangiare» risponde Felix sorridendo.

La donna del trace è rimasta vestita, ma ha tirato su la veste fino alla vita. Robustus è invece in mezzo ai due nobili. Dalla toga e dai gioielli che indossano, Arild intuisce che sono di altissimo rango. Il provocator ha un'espressione imperscrutabile. Anche in questo caso, pensa, l'esperienza può fare la differenza.

La donna di Felix è accovacciata sul pavimento. Invita il suo amante ad accelerare il ritmo. Anche i due uomini sono al culmine del piacere. Arild abbassa lo sguardo e ascolta i loro respiri corti. Le donne di Hermes boccheggiano, le loro lingue si cercano. Sfiorano i pettorali e gli addominali definiti dell'uomo e si scambiano sorrisini d'intesa.

Arild cerca di trattenere l'eccitazione che sta provando pensando al duro lavoro che lo aspetta l'indomani, ma il suo pensiero scivola a Brynja. È lei la donna che associa ai suoi desideri e si domanda come questo sia possibile, dopo così tanto tempo, dopo averla lasciata ancora bambina. La *pupa* che lei gli aveva regalato il giorno del loro addio era l'unica cosa in suo possesso che avesse valore. Ogni giorno se la rigira tra le dita chiedendosi come Brynja sia diventata e se un giorno, davvero, riuscirà a rivederla.

I presenti si ricompongono, ad eccezione dei gladiatori, costretti a rimanere nudi dalle elargizioni aggiuntive corrisposte dagli ospiti. Con l'appagamento raggiunto, il modo di comportarsi dei nobili cambia e di colpo, da disponibile, quasi premuroso, si fa severo e turpe.

Uno di loro estrae da una sacca delle ampolle e le distribuisce agli altri clienti. È il momento in cui vengono raccolti, in gocce, sudore e sangue dei combattenti.

Sono ritenuti sia medicamenti che essenze afrodisiache. A Roma sono ambiti come gioielli e il loro smercio ha arricchito ben più di un avido mercante.

«Portaci da bere, schiavo» dice il secondo uomo ad Arild con un tono perentorio, e poi gli ricorda, porgendogli tre boccette e una piccola lama, che è proprio lui il servo incaricato di raccogliere il sangue e che questa notte il gladiatore prescelto è Felix.

Felix allunga il braccio verso di lui fingendo di colpirlo. Arild glielo afferra e gli pratica una veloce incisione, senza alcuna accortezza, e poi raccoglie il sangue nelle tre ampolle.

I nobili se ne vanno senza salutare. La donna che si era intrattenuta con Felix sfiora il gomito di Arild. «Continua a portare l'orzo ai tuoi amici» gli sussurra, e lui, pentendosene un attimo dopo, le risponde: «Un giorno sarò anch'io un gladiatore ma non ti basteranno mille sesterzi per fottermi».

L'espressione dei nobili romani non è delle più rassicuranti e quelle dei gladiatori vagamente rassegnate a un esito che si prefigura rovinoso. La donna appare più divertita che infastidita dalla sfrontatezza di quel giovane schiavo. Si fa prestare la lama dall'uomo al suo fianco, si posiziona davanti a lui e lascia cadere delle monete per terra.

«Tenetelo fermo» dice fissandolo ma rivolgendosi ai tre gladiatori.

Appena immobilizzato, la donna incide sul suo petto "*Meus es tu*" e poi gli lecca il sangue. Getta altre monete al suolo e dice: «Ora baciatemi i piedi e ululate».

Hermes, Felix e Robustus si accasciano e ubbidiscono.

"*Sei mio.*"

La donna non smette di guardarlo. Il messaggio è chiaro ma la matrona ha inteso ribadirlo: lei è la padrona, loro i suoi servi mansueti e arrendevoli a sua completa disposizione.

Arild ripensa a certe parole pronunciate dal doctor al mercato.

Sì, come gli animali...

***

Lentulo ne aveva parlato in più occasioni, ma Arild non avrebbe mai potuto immaginare nulla del genere. La statua in bronzo dorato che rappresentava l'imperatore Nerone e ora il dio Sole è alta oltre undici pertiche e il piedistallo di marmo su cui poggia quasi quattro.

La statua si specchia nello Stagnum Neronis. Il lago è circondato da portici che si estendono per oltre un miglio sui due lati esterni. Al centro c'è una nave: il doctor aveva detto che lì Nerone organizzava banchetti per sorprendere i suoi ospiti.

Ci sono centinaia di uomini che, insieme a lui e ai tre galli, dovranno ubbidire agli ordini dell'architetto designato da Vespasiano alla direzione dei lavori. Si chiama Quinto Aterio e l'importanza del suo compito è attestata dalla presenza dei dieci pretoriani che ha sempre intorno. Ora sta salendo su un palco di legno appositamente allestito per farsi vedere da tutti i presenti. Dice:

«È molto semplice. Dovete distruggere i portici... e poi dovete svuotare il lago.»

Arild si guarda intorno e nota solo espressioni incredule. Nessuno ha idea di come si possa far sparire un lago di quella portata. Alcuni liberti stanno traducendo le disposizioni di Quinto Aterio a beneficio degli stranieri appena giunti in città.

I galli sono i primi a muoversi. Sono ancora uniti tra loro da pesanti catene. Si fanno assegnare dei martelli e iniziano a spaccare le costruzioni intorno allo stagno.

"Non ho futuro" c'è scritto sulla prima colonna di laterizio che abbattono.

Arild perde ancora sangue dalle ferite che gli ha inferto la nobildonna romana. È incaricato di trasportare via i detriti e di ammassarli in un'area vicina. In seguito serviranno per creare le fondamenta dell'anfiteatro, almeno così ha spiegato l'architetto poco prima. Arild cerca di stargli vicino per carpire informazioni che poi potrebbe divulgare al suo padrone o al doctor in cambio di qualche favore.

La nave al centro del lago desta la curiosità di tutti i presenti. C'è chi dice che vi sia nascosto parte del tesoro di Nerone, c'è chi sostiene che dentro vi siano le ossa di molti di quelli che avevano congiurato contro di lui. Nelle rare pause concesse dai sorveglianti, alcuni schiavi si gettano nello stagno per raggiungerla a nuoto.

Arild sta ammirando i movimenti fluidi di quelli più abili. Non ha mai nuotato, non sembra difficile, ma presto si rende conto che potrebbe risultare pericoloso. Uno sprovveduto galleggia con la testa immersa nelle acque e l'architetto annota su una tavola cerata il primo decesso. I galli sono accanto a lui e stanno mangiando le focacce che altri inservienti s'impegnano a distribuire.

«Vuoi provare?» gli chiede uno di loro, mentre gli altri due parlottano nella loro lingua. È la prima volta che sente le loro voci. Sono lievi, quasi femminili, e questo contrasta con il loro aspetto rude.

Arild dice: «Sì, mi piacerebbe. Avete qualche consiglio da darmi?».

Quello in mezzo riflette masticando, poi dice: «Forse uno sì. Hai visto l'uomo che è annegato? È successo perché si agitava troppo e il panico lo ha soggiogato. Ecco, non devi combattere contro l'acqua, ma lasciarti cullare. Impara prima a galleggiare».

Dev'essere una specie di magia, pensa Arild. Respira profondamente e chiude gli occhi. "Non combattere" si ripete "non sei nell'arena." Si avvicina alla sponda, si volta, fissa il cielo e poi si lascia andare di schiena. L'impatto con l'acqua è subito piacevole. Va sotto per un istante appena ma si impone di non perdere il controllo. Riemerge e allarga le braccia, riapre gli occhi e respira di nuovo.

Il suo corpo è leggerissimo.

Pensa che alcune volte lottare può significare soccombere.

Adesso vorrebbe addormentarsi così. Con quel suo corpo così possente in completa simbiosi con l'acqua e l'idea che ogni combattimento sia inutile.

Brynja
Roma, domus del senatore Gneo Domizio Liviano / Foro Romano / Suburra

«La perderemo per sempre!»

Brynja ascolta le urla di Flaminia provenire dal tablinum.

Anche Gneo Domizio Liviano sta iniziando ad alzare la voce e questo significa che la discussione sta volgendo al termine: «Basta! È la migliore cosa che potesse capitare alla nostra famiglia! È un vanto, e questa carica accresce il nostro rango! Non voglio più parlarne, ora smettila!».

Giulia è confusa. Sua madre ha dovuto fingere di essere entusiasta della sua nomina per non rattristarla e le ha spiegato alcuni dei privilegi di cui le vestali godono. «Sarai una sacerdotessa consacrata a Vesta. Potrai girare per le vie di Roma con la lettiga. Al tuo passaggio, perfino i senatori dovranno fermarsi e cederti il passo. Nei teatri e negli anfiteatri avrai i posti migliori. Potrai perfino chiedere la grazia per i condannati a morte. Sei stata scelta dall'imperatore in persona, è un onore che spetta a pochissime elette. Sei come una dea, adesso, figlia mia.»

La bambina sembrava affascinata ma non era persuasa. Certe increspature nella voce di sua madre tradivano angoscia. «Dovrò andare via dalla domus?» aveva chiesto.

«Sì, ma vivrai in un bellissimo palazzo accanto al tempio di Vesta e ci vedremo spesso, te lo prometto.»

«E cosa devo fare lì?»

«I primi anni sarai una novizia e dovrai solo prestare attenzione agli insegnamenti delle vestali più anziane, poi sarai addetta al culto. Insieme ad altre cinque sacerdotesse, dovrai mantenere acceso il fuoco del Tempio, che per Roma è simbolo di vita. Il Tempio è inviolabile, quindi a voi saranno affidati gli oggetti più sacri, come i sette talismani, i dodici scudi di Marte e la statua della dea Atena.»

«Dobbiamo andare, preparati!» sta urlando adesso il senatore a sua moglie.

Flaminia accarezza il viso di Giulia dicendole: «Non sarai mai sola, ricorda sempre queste parole».

È il giorno della cerimonia, il giorno in cui Giulia lascerà la domus per sempre, ed è anche il primo momento in cui Brynja resterà senza la sua padrona, che dalla notte della nomina di sua figlia aveva preteso che la sua giovane schiava le rimanesse sempre accanto.

Valerio l'aveva avvertita: «Mia madre non potrà proteggerti per sempre, e io saprò aspettare».

Flaminia ha ancora la voce rotta dal pianto. Ha omesso di raccontare a sua figlia che lo spegnimento del fuoco e le relazioni sessuali sono considerate un sacrilegio imperdonabile e che in questi casi la vestale sarebbe stata portata al Campo Sceleratus e sepolta viva.

Due schiave stanno ultimando i preparativi: spargono profumi sul corpo di Giulia e le sistemano l'acconciatura.

Flaminia cerca di ricomporsi e si aggiusta il trucco, mentre il senatore accoglie i pretoriani che si occuperanno della scorta.

È il momento dell'addio.

Giulia raggiunge i suoi genitori nel peristilio. Il suo volto esprime malinconia ma anche risolutezza e quella combinazione la fa apparire più grande.

Cammina lentamente tra due cordoni di schiavi a testa alta, come le ha ordinato suo padre.

Brynja è addolorata, quella bambina confusa le mancherà.

Prima di congedarsi, Giulia si ferma proprio davanti a lei.

Anche la sua voce sembra adulta.

Le dice: «Quindi ora sarai tu la sua unica figlia?».

***

Brynja sta svuotando l'urina contenuta in piccoli recipienti di terracotta in una giara che poi uno schiavo avrebbe portato nei pressi del Foro per venderla ai proprietari di lavanderie.

Sa cosa le farà Valerio appena resterà da sola con lui.

Aveva chiesto alle altre schiave cosa avrebbe provato e le risposte erano state contraddittorie.

Non si prova niente.

Si prova solo dolore.

Può essere piacevole.

Se lo fai con la persona che ami può essere meraviglioso.

Il suo corpo era cambiato rapidamente. Alcune parti erano più sensibili di altre. Le toccava di nascosto, al buio. Si sentiva avvampare e avvertiva un piacere che la invitava a proseguire e a volte era quasi impossibile riuscire a trattenersi.

Valerio torna nella domus prima dei suoi genitori e la trova accanto a un braciere. Non ha bisogno di dirle niente. Brynja lo segue nella sua stanza a testa bassa. Lui le strappa subito la veste e la costringe a voltarsi.

«Se lo racconterai a mia madre ti farò sbranare al Circo da una pantera» le dice.

Brynja spera solo che finisca presto. I suoi pensieri la portano via da quella stanza ma vanno a impattare con ricordi altrettanto orrendi. Vanno al giorno della morte di suo padre. Le sembra ancora di udire lo stridore dei denti di Derek mentre impreca contro i romani e di vedere gli occhi sgranati di Arild. Pensa poi al soldato che li ha salvati e si chiede perché lui non sia lì, ora, a impedire tutto questo. Ricorda la promessa che aveva fatto a tutti loro e, a differenza di Derek, lei ci aveva creduto. Suo fratello le manca moltissimo ma immagina che sia Arild, e non lui, e non il soldato romano, a salvarla.

Il giorno della lapidazione Brynja aveva conosciuto il dolore e la paura, la rabbia e l'impotenza, la vergogna e la disperazione. Aveva pensato che quel cumulo di macerie le avrebbe permesso in futuro di sopportare qualunque sopruso, e ora si rende conto che in parte è vero.

Avverte il bruciore dentro di sé e non si accorge nemmeno che nel frattempo Valerio si è scostato. Si sente sporca, avverte prurito tra le cosce e vorrebbe soltanto rovesciarsi addosso un'anfora colma d'acqua tiepida.

«Non piangere mai davanti a loro» le aveva detto suo fratello salutandola per l'ultima volta.

Loro: i romani...

Brynja non lo fa, le sue lacrime stanno scivolando altrove.

Derek era come suo padre, avrebbe provocato quell'odioso ragazzo, avrebbe detto a Valerio: «Tutto qui?».

Ma lei non è così coraggiosa.

O così stupida.

Valerio sputa in terra: «Ora puoi andartene».

Lei, prima di raccogliere le vesti e andarsene, lo ringrazia e gli fa un inchino.

***

Lo sguardo di Flaminia è smarrito nel vuoto. «Ho perso mia figlia» sta sospirando.

Brynja le stringe una mano e poi azzarda: «Usciamo da questa domus, per favore».

L'idea non le dispiace. «Sì» dice la sua padrona «magari mi farà bene. Cosa ti piacerebbe vedere?»

Brynja rimedia dei sandali e una stola bianca da un'altra schiava. «Qualunque cosa» le risponde. Il sole non ha più la cattiveria di quel mattino. Flaminia indossa ancora braccialetti d'oro ai polsi, una collana d'avorio e lunghi orecchini. Da una schiava si è fatta adornare i capelli con gemme e ha ancora con sé un ventaglio di cento colori proveniente dall'Egitto. Il trucco, sulle guance, è appena accennato.

Camminano senza parlare, all'inizio. Si allontanano dal bianco accecante delle ville dei nobili e si addentrano fino ai vicoli della Suburra. È un lungo tragitto. Calpestano un suolo reso scivoloso dal sangue delle bestie macellate, dagli escrementi e da ogni sorta di rifiuto gettato via con noncuranza, si districano nel traffico di migliaia di persone, scostandosi al passaggio di soldati, carri colmi di schiavi, di bestie e di prodotti da smerciare al mercato.

Le mura delle *insulae* sono ricoperte di edera o imbrattate di scritte sarcastiche contro il Senato o qualche famiglia di patrizi ritenuta corrotta. Falli in erezione di ogni dimensione sono disegnati ovunque. Flaminia interviene per soddisfare la curiosità della sua giovane schiava: «Sono simboli di buon auspicio».

Superano schiere di ambulanti che vendono pinoli, spezie e olio, cambiavalute che trattengono la percentuale sulle conversioni dei denari e mendicanti con i palmi delle mani a cucchiaio per chiedere le elemosine. Oltrepassano botteghe di artigiani e lavoranti: bronzo e rame, soprattutto. I mercanti alzano la voce per attirare l'attenzione dei passanti e gonfiare la qualità dei loro prodotti: tappeti, anfore, pietre preziose. Alcuni uomini distribuiscono sesterzi ai passanti.

«Stanno comprando i voti per qualche magistrato» le spiega Flaminia.

Uno strillone in un angolo sta dando informazioni ai passanti: «Il nuovo imperatore restituirà la Domus Aurea al popolo facendo costruire il più grande anfiteatro del mondo, l'anfiteatro Flavio! Vespasiano ha annunciato che qui si svolgeranno ludi inimmaginabili, i più grandiosi, i più memorabili, i più spettacolari! Di tutta la storia di Roma!».

Gli occhi di Brynja sbirciano in ogni angolo, le sue ciglia si contraggono nello sforzo di cogliere tutti i particolari delle case, delle fontane, dei templi, perfino dei tombini, e le sue mani si allungano d'istinto in direzione di oggetti a lei sconosciuti. Ascolta le urla dei litigi e delle imprecazioni, piccoli e grandi tradimenti tra amanti o amici, crediti non riscossi o debiti troppo alti. Sente i suoni dei dadi che ballano nei bicchieri di terracotta, in una delle tante bische clandestine disseminate nella zona, ascolta le cifre delle scommesse sulle corse dei carri e sui prossimi giochi gladiatori. Il quartiere emana odori ripugnanti: molte latrine sono guaste, cani morti sono lasciati al suolo a imputridire. Proprio in mezzo ai vicoli alcune famiglie hanno lasciato i panni ad asciugare, negli stessi spazi dove gli animali vengono scuoiati e fatti a tranci. Il sangue delle bestie macchia i sandali dei cittadini e i piedi scalzi degli schiavi. Sulla facciata di una palazzina, c'è scritto: "Chi vuole godere cerchi Attica. Con poche monete sarai al fianco delle divinità".

«Qui c'è un lupanare» le dice Flaminia.

Deviano in una via meno trafficata e sono ormai in prossimità del Foro e della Domus Aurea. Ogni duecento passi, incrociano uno slargo o una piccola piazza. Un forte odore di incenso annuncia la presenza di templi. Agli ingressi, si formano delle piccole colonne di persone con doni o animali da sacrificare agli dèi sugli altari di marmo, tra i candelabri e i bracieri. Si benedicono nuove nascite e attività, oppure si maledicono i propri nemici.

«Quello è Giano, il dio dei due volti. Presiede a ogni sorta di cambiamento, alla fine e all'inizio di un qualunque evento. Credo proprio che oggi sia il mio dio preferito.»

Brynja vorrebbe dirle: "Oggi lo è anche per me", ma si è ripromessa di non svelare il suo segreto, tantomeno alla sua padrona.

Raggiungono un altro piazzale e osservano l'andirivieni di sacerdoti. Qui ci sono anche i tendoni e le bancarelle con esposta mercanzia indiana, persiana ed egiziana, oltre a logge destinate alle divinità straniere. Il sorriso di Flaminia è ironico: «Tesoro mio, questo è il pragmatismo dei romani: tolleriamo tutti gli dèi stranieri, pensando che magari un giorno potranno tornarci utili».

Brynja scorge giovani studenti col pennino in mano e le tavole cerate sulle ginocchia. Un maestro di grammatica ne sta picchiando uno. «Dev'essere mancino» le spiega la sua padrona.

Si affacciano al Foro e ammirano le colonne imponenti, le statue disseminate nelle piazze, i giardini, le fontane e i palazzi di marmo.

«Questa è la Curia, i senatori vi si radunano per amministrare gli affari di Roma, e questo è il Comitium, il luogo delle assemblee politiche e dei proclami. Ecco la Basilica Porcia e quello... sì, quello è il Tempio di Vesta.»

Brynja le afferra una mano e la stringe: «Andiamo via, mia signora, forse è tardi».

Flaminia coglie la premura della sua schiava e l'abbraccia. «Andiamo, va bene» le risponde «ma prima ti porto a vedere un'ultima cosa.»

Accelerano il passo. Insieme guardano i fumi delle terme, che sembrano nuvole, le lettighe trasportate dagli schiavi, i tanti cittadini a passeggio, le matrone con l'ombrello sorretto da un servo per evitare l'insolazione e avvocati con schiere di testimoni per un processo imminente. Vedono anche schiavi fustigati e disertori bastonati a morte, e le teste dei condannati appese a ganci di metallo.

Attraversano un ponte sul Tevere e scorgono i magazzini sulle sponde, con le scorte di viveri e di materiali.

Un uomo sopra un basamento di legno sta annunciando il prossimo spettacolo gladiatorio al Circo Massimo e anche lui divulga la notizia della costruzione del nuovo anfiteatro nell'area occupata dallo Stagnum Neronis.

Seguono il corso del fiume e rilevano la presenza di un cumulo di rifiuti in una discarica improvvisata. Si avvicinano e notano che lì in mezzo ci sono carcasse di animali, ossa di uomini e piccoli volti lividi.

Flaminia inizia a tremare: «Sono i neonati abbandonati dopo il parto, rifiutati perché deformi, o perché esito di un tradimento. Lo sapevi? Se non sono accettati dal padre, vengono uccisi oppure abbandonati o venduti. Quelli soffocati li trovi qui, nell'*incommodum*».

Accelerano di nuovo il passo e riescono a scorgerlo a un miglio di distanza.

«Ecco, Brynja. Quello è il Colosso. Prima raffigurava quel pazzo di Nerone, Vespasiano l'ha trasformato nel dio Sole. Si specchia nel lago, ed è lì che voglio portarti.»

Brynja si mette a correre. Arriva sotto il Colosso pensando: non può esserci nulla al mondo di così imponente. Le punte della corona arrivano al cielo. "Potrebbero pungere le nuvole e provocare la pioggia" pensa.

Flaminia la raggiunge e le svela che l'anfiteatro sarà ancora più alto.

Con le dita delle mani intrecciate ora prendono a fissare il lago. Centinaia di persone stanno spaccando i portici intorno. Alcuni nuotano intorno a una nave posta proprio al centro.

Flaminia riconosce uno degli architetti presenti nella sua domus qualche tempo prima. Gli si avvicina per salutarlo e per curiosare: «Come farete a svuotare il lago?».

È Quinto Aterio. Dopo le riverenze, lui è lieto di spiegare: «Sarà un'impresa. All'interno del lago ci sono le condutture di un acquedotto. Noi modificheremo il loro percorso e potremo portare più acqua nelle domus e nelle fontane. Faremo defluire l'acqua spaccando alcuni bordi del lago. Poi prosciugheremo tutto il bacino, bonificheremo la zona e getteremo le fondamenta. A breve arriveranno a Roma i nemici di Gerusalemme che Tito ha reso schiavi. Serviranno migliaia di persone».

Brynja si è nel frattempo allontanata di qualche passo. Un giovane, a una decina di pertiche di distanza da lei, è appena uscito dal lago e ora sta afferrando un martello. Può osservarlo solo di spalle, ma ha come la sensazione di conoscerlo.

Flaminia nota l'esitazione di Brynja e le chiede: «Cosa hai visto?».

Brynja si gratta le cosce pensando ad Arild: «Un fantasma, domina. Forse ho visto un fantasma».

Derek
Deposito sulla via Ostiense,
tra Roma e Portus Augusti

Ti aiuterò io a morire...

Derek non ha certo bisogno dell'aiuto del suo padrone.

Non ha bisogno di niente.

Solo di un vetro per specchiarsi ancora, rafforzare la sua intenzione di lasciare questo mondo e potersi sgozzare.

Lo hanno incatenato per impedirgli di ammazzarsi da solo. Ai suoi piedi c'è Hela e anche Agron continua a restargli accanto, anche se immagina che la sua presenza sia dovuta soltanto al compimento di un ordine impartito da Curzio.

«Cosa pensi ci sia dopo?» gli chiede Derek.

«Non pensarci, Curzio non ti ucciderà.»

«Lo so, lo conosco anch'io. Lo avrebbe già fatto se quella fosse stata davvero la sua intenzione. Può disporre di me a suo piacimento, ma una sola cosa non potrà fare: impedirmi di farlo per conto mio. E queste catene serviranno a poco, basterà non mangiare.»

Agron tenta di consolarlo e di farlo ricredere: «Nulla è ancora perduto, Derek».

«Non hai visto la mia faccia?»

«L'ho vista, certo. È orrenda, ma non siamo solo il nostro corpo, siamo anche altro.»

«Già, ma a quanto pare anche tutto il resto sembra avere le catene o, peggio, le cicatrici.»

«Troveremo un modo...»

«Certo, però non mi hai risposto. Cosa credi che ci sia dopo la morte?»

Agron si sdraia accanto al cane. Il tono della sua voce si fa solenne: «Credo che chi si è comportato con onore e con lealtà avrà altre possibilità. Non so in che modo, ma le avrà».

Derek scoppia a ridere: «Tu davvero pensi una cosa del genere? Rinasceremo imperatori, quindi?».

«Non lo so, non lo so proprio... ma ci sarà una qualche forma di riscatto per chi ha sofferto, e delle ricompense per chi ha subito delle ingiustizie. Io penso che sia così.»

Derek torna serio e libera un sospiro. Tra sé sussurra: «Allora potrei andarmene via tranquillo, io».

Non si è più *rivisto* e ora si lascia leccare le mani da Hela: «Io credo che dopo non ci sia nulla. Un vuoto eterno. Niente. Abbiamo solo questa, di vita, ma certe volte la sofferenza e la disperazione possono essere insostenibili, e a quel punto è meglio risparmiarsele».

Proprio in questo momento nella piccola stanza entra Curzio, il passo claudicante e gli occhi gonfi d'insonnia. Agron scatta in piedi, il padrone gli dice: «Slegalo, dobbiamo andare in un posto».

***

La costruzione dove si sono recati coi cavalli è tra Roma e Portus Augusti. Mattoni e tufo, due pertiche di altezza, il perimetro di un grosso tempio.

Sono entrati da un ingresso privo di chiavistelli. «L'ho appena comprato» sta ora dicendo Curzio.

All'interno non c'è niente. «Cos'è, mio signore?» chiede Agron.

Curzio sorride: «La nuova domus di Derek».

Il padrone spiega che ha visto il progetto del nuovo anfiteatro. Parla di tre livelli, ne illustra i dettagli: «Ottanta arcate per ogni livello. Sono necessarie per non sovraccaricare il peso sulle fondamenta. Quelle superiori avranno meno spessore di quelle inferiori ma avranno tutte un'altezza di quasi tre pertiche. All'interno di ogni arcata, a eccezione di quelle poste al primo livello, verranno installate delle statue di bronzo alte quasi due pertiche».

Derek si lascia cadere a terra, le sue catene tintinnano. Agron allarga le braccia: «Perdonami, dominus, ma questo cosa ha a che fare con Derek?».

Curzio fissa il soffitto: «Sarà lui a costruire quelle statue».

***

Lo incatenano a un pilone di legno e lo lasciano lì tutto il giorno da solo con una scodella piena di orzo, un paio di focacce e una brocca d'acqua. Agron gli ha cosparso unguenti sulle carni martoriate e poi gli ha ripetuto: «Troveremo un modo, Derek».

Curzio gli lascia dei papiri e dei coloranti per disegnare, insieme a delle tavole con la lista delle statue da erigere, divinità ed eroi a cui Vespasiano vorrebbe rendere onore.

Derek si rifiuta di mangiare e di bere. Non ha alcuna voglia di disegnare. Prova sia dolore che prurito, vorrebbe strapparsi le carni. Cerca oggetti appuntiti con i quali spaccarsi il cuore, ma non ha alcuna possibilità di spostarsi, se non di un palmo appena. Trascorre la giornata a maledire Decio e a rimuginare sulle parole di Agron. Ha bisogno di credergli, l'idea del nulla dopo la morte lo terrorizza. Prova a immaginarsi negli inferi e qui spera di ritrovare i suoi genitori e, un giorno lontano ma non troppo, sua sorella e il suo amico Arild. Magari potrà incontrare anche quello schiavo che in passato aveva messo in discussione l'autorità di Roma. Vorrebbe chiedere a Spartaco dove abbia trovato tutta quella forza, tutto quel coraggio, oppure quell'incoscienza.

Il fabbricato è isolato, si riescono a udire solo il ronzio delle mosche e gli sbuffi di vento sugli alberi intorno, ma qualche giro di meridiana dopo, diversi rumori inconfondibili lo raggiungono. Ascolta cani abbaiare e carri trainati da cavalli che si stanno avvicinando al deposito. Soprattutto un suono gli è familiare, ed è il potente latrato di Hela.

Agron entra sorridendo poco dopo e senza dire nulla, insieme ad altri uomini, trascina dentro brande, tavoli, impalcature di legno e una decina di pesanti casse.

Derek si domanda cosa stiano facendo, l'espressione compiaciuta di Agron suggerisce che sia qualcosa che dovrebbe rallegrarlo. In realtà Derek si sta solo chiedendo se all'interno di quelle casse ci siano dei punteruoli o dei vetri per potersi ammazzare. Hela corre verso di lui e, al solito, inizia a leccargli le mani, il viso, le gambe. Sta scodinzolando e piagnucolando a caccia di gesti di affetto.

Derek ha provato odio e rabbia nei confronti di quel maledetto cane che gli ha fatto il torto di salvargli la vita, ma in questo momento è certo che sia il compagno migliore che possa desiderare. "Nessun uomo avrebbe fatto questo per me" pensa, e inizia ad accarezzarlo.

Agron batte le mani soddisfatto e gli spiega tutto: «Io e questi uomini vivremo con te. Uno di loro è uno scultore, uno un addestratore di cani e gli altri tre sono schiavi di Curzio. Il padrone ha detto che il tuo talento è troppo importante per le sue attività e che non può lasciarti morire. In realtà sappiamo entrambi che nutre affetto per te, lo servo da anni ma non l'ho mai visto affezionarsi tanto a una persona. In ogni caso, ha dovuto comunicare a tutti gli altri, Decio compreso, che ti ha fatto sbranare dai cani a causa del tuo folle comportamento. Mi ha detto che non potrai più fare ritorno alla fattoria e mi ha ordinato di impedirti di ucciderti. Se lo farai ne risponderò di persona e tu non vuoi essere il mio assassino, vero?».

I cani fuori, almeno una ventina di pugnax, continuano ad abbaiare. Hela si affaccia all'uscio ringhiando e tutti loro, di colpo, smettono.

Agron afferra una sacca e ne sbircia il contenuto: «Abbiamo visto come ti sei destreggiato con quel leone, e come Hela ti abbia scelto come dominus. Farebbe qualunque cosa per te. Il padrone ritiene che tu abbia delle capacità straordinarie anche come addestratore. Tutti quei pugnax sono tuoi e con l'aiuto di uomini esperti potrai affinare anche questa dote. Ricorda questo luogo e questo giorno, Derek. È qui e ora che inizia la tua libertà».

Agron gli si inginocchia di fronte e gli consegna una maschera bianca, probabilmente di lino: «Lo so che tutto questo non dovrebbe riguardarmi, e che anzi dovrebbe ripugnarmi, ma vorrei vivere per vedere i giochi nell'anfiteatro. Vorrei vedere le tue statue e i tuoi dipinti, vorrei vederti scendere nell'arena e condurre i tuoi cani alla caccia di antilopi, pavoni e serpenti, e vorrei poterti abbracciare quando Curzio ti donerà la libertà».

Derek sente una lacrima colargli lungo la guancia. Il viso deformato disegna uno strambo percorso ed è accanto all'orecchio che quella stessa lacrima sta precipitando. Fissa Agron e il *suo* cane, stringe la maschera che nasconderà al mondo la sua mostruosità e alla fine dice: «Anche a me piacerebbe vedere l'anfiteatro».

Agron gli crede, perché un attimo dopo lo libera dalle catene.

* * *

Agron gli presenta gli altri uomini.

Belbo è l'addestratore, Proculo lo scultore. Gli schiavi sono tutti africani e si chiamano Kiros, Kande e Jelani. Nessuno di loro abbassa lo sguardo, nessuno di loro appare scandalizzato o si lascia andare a espressioni di imbarazzo o di disagio.

È chiaro che le decisioni di Curzio di salvarlo e di investire su di lui lo rendono padrone dei destini di ognuno di loro. Sembra uno scherzo grottesco del fato, ma ora anche lui è una sorta di dominus.

È una sensazione che Derek non riesce a descrivere e che lo disorienta. Avverte come un enorme peso su di sé: ha l'onere di dover effettuare delle scelte e in qualche modo badare ad altre persone, di essere responsabile della loro sorte. Anche la libertà può avere delle complicazioni ma poi, riflettendo sul fatto di non essere sempre costretto a soddisfare i desideri e i capricci di un padrone e di poter disporre di parte del proprio tempo, quel fardello gradualmente si alleggerisce e sembra ridursi a un morbido tessuto che si appoggia sulle sue spalle.

Belbo si raccomanda di non affezionarsi troppo alle bestie, la maggior parte delle quali è comunque destinata a morire nell'arena. Proculo gli dice che insieme dovranno scolpire alcune delle statue del futuro anfiteatro: «Ho visto alcuni dei tuoi disegni, Derek, sei tra i più bravi che io abbia mai conosciuto. Ci faremo valere».

Derek gli fa notare che non ha mai realizzato lavori del genere, che non ne sarebbe in grado. Proculo lo rassicura: «Delle procedure mi occuperò io. Non sono difficili, richiederanno soltanto molta attenzione».

Statue dorate alte come tre uomini uno sopra all'altro. A Derek sembra incredibile e non ha idea di come si possano completare sculture tanto imponenti, ma la sicurezza e la disinvoltura dello scultore lo rassicurano.

Proculo è entusiasta: «Giove, Giunone, Marte, Nettuno... decidi tu, Derek. Curzio ha detto che dobbiamo sorprendere l'imperatore e ha pensato che potrebbe essere conveniente creare anche le statue dei nemici storici di Roma. Dovranno essere rappresentati sconfitti, persi, umiliati. Ho pensato a Vercingetorige chiuso dentro una gabbia, per esempio. È così che Giulio Cesare lo ha mostrato al popolo mentre le sue legioni sfilavano nelle strade di Roma in occasione del suo trionfo. Non so, potremmo rappresentarlo con il corpo di una scimmia, magari potremmo scolpire Annibale, un ammasso di carni sconnesse schiacciate da un elefante, oppure Mitridate con il viso contorto dopo essere stato avvelenato».

Sono uomini di cui Derek non ha mai sentito parlare ma grazie ad Agron ora conosce il nome di un altro avversario di Roma. Lo pronuncia, dice Spartaco e l'addestratore replica: «Spartaco, perché no? Un uomo in croce, imbrattato di sangue, senza testa e sul petto la scritta "Infame". Potrebbe funzionare, stupiremmo l'imperatore così».

I cani fuori sono ancora legati ai carri. Derek esce dal fabbricato indossando la maschera bianca con i fori per gli occhi, la bocca e le narici. Il tramonto sta dipingendo il cielo coi suoi colori preferiti. Hela è sempre al suo fianco, ed è la bestia dominante. Con lei accanto, tutti i pugnax si ammansiscono e la loro aggressività si attenua fino a svanire. Derek si fa annusare e prende confidenza con ognuno di loro. I cani si sdraiano già al suo comando. È stato testimone di cosa siano in grado di fare quelle bestie dopo un efficace addestramento. Freme dalla voglia di iniziare e lo farebbe anche subito, se non fosse esausto.

Agron lo guarda scuotendo la testa, come se volesse chiedere: "Ma come ci riesci?" e anche Belbo sembra impressionato da quell'approccio già risolutivo.

Derek non sarebbe in grado di spiegarlo, sente solo di adorare quelle bestie. Si volta verso gli ultimi raggi di sole, chiude gli occhi e respira profondamente.

Le mani in alto, una brezza leggera. Il corpo caldo, il profumo accogliente dalla campagna circostante.

Una nuova vita. L'inizio, forse, di una vita.

Una vita da mordere, da divorare con la stessa ferocia dei suoi pugnax.

Si gira in direzione degli altri uomini.

«Ho molta fame» dice.

***

Hanno un'anfora di mulsum. Ne svuotano metà mangiando carne di lepre e di cinghiale. «Ne abbiamo solo per questa sera» dice Agron «ma abbiamo scorte di cibo per due settimane.»

Hela è l'unica bestia alla quale è consentita la presenza all'interno del fabbricato; gli altri molossi sono stati rinchiusi in un recinto all'esterno.

Belbo e Proculo spiegano alcuni dei segreti delle loro professioni, Derek ne è affascinato. Ascolta le parole appassionate dello scultore: potrà creare opere memorabili che resisteranno ai secoli, caricarle di colori e di significati. Si fa risuonare nella testa le frasi accalorate dell'addestratore: sarà in grado di realizzare un sodalizio indissolubile con i famelici pugnax che al suo cospetto diventeranno cuccioli affettuosi e fedeli fino al sacrificio finale.

Gli unguenti di Agron attutiscono il dolore e il formicolio.

L'assenza di incombenze e di obblighi fomenta il buon umore, il vino fa il resto.

Anche gli altri schiavi hanno storie da raccontare. Sono tutti giovani prigionieri di guerra che conoscono il deserto. Lo descrivono, Derek prova a visualizzarlo: sabbia che si estende fino all'orizzonte, che non finisce mai. Roma è solo un pizzico di mondo, gli dicono. I legionari li hanno trascinati via dalla loro terra. Kiros e Kande avevano mogli e figli che non rivedranno più, Jelani è sbarcato a Portus Augusti a due anni e non ha memoria del suo passato.

Derek si sente libero, forse per la prima volta.

È una sensazione sorprendente, qualcosa che può forse avere a che fare con la felicità.

È questa, dunque, la felicità?

"No!" La voce che gli rimbomba in testa è categorica. Come potrà mai esserlo, pensa, con quella faccia? Chi vorrà essere al mio fianco? Chi mai potrà amarmi? Chi potrà sostenere il mio sguardo senza, alla fine, provare disgusto? Chi potrà tollerare una simile vista?

Queste ovvietà lo adombrano ma giura a se stesso che ci proverà comunque. Hela *fiuta* la sua inquietudine e si struscia contro le sue gambe.

Chiede ad Agron di parlargli ancora di Spartaco e si versa altro mulsum.

Troppo per uno che non è abituato a bere. La vista si annebbia, le parole degli altri schiavi si perdono...

«Spartaco era un gladiatore trace che si è ribellato al suo padrone e che ha costruito un esercito per combattere Roma» sta dicendo Agron, «i suoi uomini hanno sconfitto in più occasioni le legioni romane e...»

Hanno sconfitto i romani...

Derek inizia a ridergli in faccia.

Smetterà solo addormentandosi, esausto, un giro di clessidra più tardi.

Arild
Roma, scuola gladiatoria / Domus Aurea

«Sei mio, non scordarlo mai» gli dice la matrona che gli ha inciso il petto. È tornata nella stalla della palestra gladiatoria quasi ogni sera, dopo quella volta. Ha pagato un sovrapprezzo ad Avidio per farlo incatenare nudo nella stalla affinché assistesse ai suoi incontri. Sola con Hermes. Sola con Felix. Con entrambi. E questa sera c'è anche Robustus.

«Non vali poi molto, schiavo. Ho parlato col tuo padrone. L'ho convinto a incatenarti con pochi sesterzi» gli dice mentre, passando in rassegna i tre gladiatori, accarezza loro le spalle e il torace.

Arild chiude gli occhi e visualizza lo Stagnum Neronis e lui che ci nuota dentro. Sta migliorando rapidamente. Nelle pause che gli appaltatori concedono agli schiavi che ci lavorano, vengono organizzate gare di nuoto e di tuffi. I galli gli hanno detto che non gli rimane molto tempo per perfezionarsi, che a breve quel lago scomparirà. Hanno ascoltato alcuni architetti parlottare tra loro e questi dicevano che erano ormai pronti a deviare le condutture per far defluire le acque.

Arild impara in fretta. Non ha la tecnica e la scioltezza dei nuotatori più esperti ma la sua forza gli consente di sconfiggerne già parecchi. Il suo nome inizia a girare sempre con maggiore frequenza tra gli scommettitori in occasione delle competizioni e le quotazioni che lo indicano quale vincitore si alzano velocemente.

La matrona lo prende a schiaffi e gli ordina di guardarla: «Ho un accordo col tuo padrone: se non mi obbedisci posso infierire sul tuo corpo a mio piacimento. Posso aprirti le carni, posso bruciarti lembi di pelle, posso far svanire il tuo intento di diventare gladiatore».

Arild deve assecondarla. Avvertire il desiderio crescergli tra le cosce lo innervosisce. Lei lo fissa compiaciuta, le sue labbra disegnano: «Visto? Sei mio».

La donna dispone che i gladiatori la posseggano con violenza, ordina che le tirino i capelli, che le schiaffeggino le natiche e che le stringano i seni. Non concede però quel tipo di confidenza e d'intimità amorevole che Arild aveva avuto modo di notare in alcune coppie: niente carezze sul viso, nessun bacio, mai una parola affettuosa.

Felix sta ansimando, lei lo caccia via. Fa lo stesso con Hermes e Robustus subito dopo. È un altro capriccio. Solo il suo piacere è contemplato, e lei sembra già appagata.

Arild è rabbioso, l'eccitazione che sta provando lo disgusta. La donna non si riveste e gli si avvicina. Con lo sguardo percorre il suo corpo, dalle gambe contratte ai capelli madidi di sudore. Gli sfiora la ferita che non si è ancora rimarginata e gli dice: «Non puoi nascondere il tuo desiderio, schiavo».

Lui pensa che lei sia come un lago e che sarebbe inutile lottare. L'asseconda rispondendole: «No, non posso, mia signora».

Lei glielo sfiora, Arild ha un sussulto.

Poi succede.

Il tono di lei si fa lieve. La voce è morbida e caldissima accanto alle sue labbra, che lambisce appena con la lingua.

Chiede il suo nome e lei gli bisbiglia il suo.

Gli dice che lo aspetterà, che esulterà per i suoi futuri successi. Che desidera che lui le dedichi le vittorie che otterrà nell'arena e che vorrebbe avere in dono il sangue dei suoi avversari. Che raccoglierà il suo sudore per cospargerlo nelle sue vesti e nei drappi del suo letto.

Poi lo fa venire giocando con le dita.

***

Le incombenze alla scuola gladiatoria e il duro lavoro allo Stagnum.

Ogni giorno, senza sosta.

La sera è distrutto dalla fatica ma certe faccende all'interno della stalla gli impediscono di addormentarsi subito.

Ha scoperto che le donne, in alcune occasioni, hanno più potere degli uomini. La matrona lo inquieta e il pensiero di lei inizia a guerreggiare con quello rivolto a Brynja. Il nome che lei ha bisbigliato è Claudia.

Gli allenamenti dei gladiatori si intensificano, gli incontri al Circo Massimo sono ormai prossimi.

Arild nota che Avidio è agitato: non deve fallire, l'imperatore sarà forse presente e il doctor gli ha detto che questi combattimenti saranno decisivi per la scelta dei lanisti che poi si occuperanno dei ludi dopo il ritorno di Tito da Gerusalemme. Saranno cinque i gladiatori che dovrà impiegare: un trace, un mirmillo, un reziario, un secutor e un provocator.

Arild ipotizza i prescelti. Saranno di certo presenti Felix il trace, Hermes il secutor e Robustus il provocator. Avidio dovrà poi nominare un reziario e un mirmillo e potrà sceglierli solo tra sette dei restanti quaranta gladiatori che ha a disposizione.

Arild e altri due schiavi stanno distribuendo gli armamenti e le protezioni a ognuno dei combattenti. Avidio e Lentulo hanno programmato duelli dove, a eccezione delle armi, il resto dell'equipaggiamento dovrà essere quello utilizzato nell'arena. Dalle casse di legno nel deposito costantemente sorvegliato, gli addetti estraggono elmi, protezioni per gambe e cosce, maniche ferrate e scudi. Assegnano le *sica* ai traci, i pugnali ai mirmilli, ai secutor e ai provocator, i tridenti e le reti ai reziari.

Il doctor li dispone in cerchio e poi pronuncia i loro nomi stabilendo gli accoppiamenti. L'attenzione è rivolta soprattutto ai tre reziari che dovranno vedersela con Hermes il secutor e ai quattro mirmilli che affronteranno Felix.

I colpi delle armi di legno che impattano contro gli scudi echeggiano nella palestra di Avidio. Arild e gli altri schiavi assistono ai duelli in disparte, pronti a distribuire acqua e a tamponare eventuali ferite. Nessuno degli sfidanti di Hermes e Felix sembra convincere il padrone, che continua a storcere la bocca. Troppo lenti i reziari, anche se uno di loro, Krainos, è riuscito perlomeno a impegnare il velocissimo Hermes. Arrendevoli e privi di iniziativa i mirmilli, soggiogati dalla forza e dalla rapidità di Felix. Lentulo decreta una pausa, Avidio getta rabbiosamente sulla sabbia la tavola con la lista dei candidati.

Arild esegue massaggi alle cosce e ai polpacci dei gladiatori, asciuga il loro sudore e distribuisce da bere e da mangiare. Nessuno è rimasto ferito in maniera grave. Felix riceve la sua porzione e gli sorride: «Vedo che stai ancora obbedendo alla matrona».

Il doctor sta parlando con i quattro mirmilli che dovranno combattere ancora per conquistarsi un posto al Circo Massimo: «È il momento, è la vostra possibilità! Avete giurato, per questo! Dovete dare tutto, ora!».

Avidio riprende in mano la tavola e urla: «Simmaco, inizia tu!».

Felix è al centro dell'arena. Appena il suo rivale gli si posiziona davanti scatta, finta un colpo sul lato destro, lo colpisce con un calcio facendolo cadere e poi gli assesta un fendente sul polso, disarmandolo.

I gladiatori intorno fischiano e applaudono, Avidio scuote la testa, Felix ride in maniera rumorosa. Arild rintraccia gli occhi di Lentulo, i suoi gli stanno dicendo: "Fammi provare".

«Asacius!» grida Avidio.

Felix cambia strategia e attacca sul lato opposto ma si sbarazza del rivale con la stessa tempestività.

Anche il doctor inizia a tradire gesti di insofferenza. Arild lo incalza con un'occhiata mentre si appresta a fissare una stecca sul polso spezzato di Simmaco. «Dovevi indietreggiare e spostarti sul suo lato destro» gli dice. Il gladiatore maledice la propria inettitudine e la forza di Felix: «È invincibile, nessun mirmillo può contrastarlo».

«Prendi le sue cose», il sussurro di Lentulo gli arriva inaspettato alle spalle.

Arild inizia a tremare come un giorno di dieci anni prima, quando uno schiavo aveva ammazzato il prefetto di Roma e per lui le speranze di sopravvivenza erano ridotte all'osso.

Ma non ha tempo per rivangare il passato.

È la sua possibilità.

Forse l'ultima.

***

«Cosa stai facendo?» gli chiede Simmaco.

«Lo sai» risponde Arild, mentre inizia a spogliarlo. Infila il tibiale nella gamba sinistra e la manica a protezione del braccio destro.

«Non puoi, idiota, ti puniranno» gli dice il gladiatore sconfitto.

Arild indossa i calzari e infila l'elmo con le ampie creste e tese di metallo per deviare i colpi diretti al collo. È la prima volta, riesce a guardare a malapena ciò che ha davanti e tutto è un reticolato di forme spezzate e confuse. Il respiro diventa affannoso, la sua faccia è già madida di sudore.

Gli altri due mirmilli opposti a Felix sono stati sconfitti ma si sono comportati in maniera decorosa. Avidio comunica che a breve ci sarà una seconda sessione per decidere quale di loro due potrà sfidare il trace di un'altra scuola al Circo Massimo.

Felix si sta grattando un braccio con la sica e ha ancora l'elmo infilato in testa.

«Adesso!» gli dice Lentulo.

Arild raccoglie il grande scudo rettangolare e il pugnale e corre in direzione del trace.

«Non farti ammazzare» gli dice Simmaco. È questo il suo unico consiglio.

Felix allarga le braccia, facendo intendere che il duello non era stato annunciato, ma subito dopo si mette in posizione di difesa alzando lo scudo fino al mento, flettendo le gambe e allargando il braccio armato.

Avidio ha voltato le spalle ai presenti e si sta recando nella sua domus in attesa degli altri scontri, ma gli schiamazzi che provengono dall'arena attirano la sua attenzione.

«Guarda il tuo mirmillo, dominus» sussurra Arild, a caccia di aria da mandare giù.

Felix effettua lo stesso attacco che ha condotto poco prima, proprio ai danni di Simmaco. Arild non si fa ingannare dalla finta, indietreggia rapidamente di un passo, saltella alla propria sinistra e poi carica tutto il peso del corpo sulla spalla destra per accompagnare lo scudo contro il corpo del trace. L'impatto è violentissimo e Felix stramazza sulla sabbia tra lo stupore degli altri gladiatori.

Il trace si rialza immediatamente, riconosce il suo sfidante dai tratti del corpo e dall'incisione che ha notato sul suo petto. Gli dice: «Sei venuto a portarmi da mangiare, schiavo?».

Arild sa di aver già perso il vantaggio della sorpresa e ora dovrà difendersi. Il sudore gli cola davanti agli occhi, i suoi respiri dentro quell'elmo sono boati. Felix gli gira intorno con una rapidità sorprendente. Arild perde visuale e riferimenti ma rimane concentrato. Legge in modo adeguato le intenzioni del rivale e si muove di conseguenza. Sono tre i colpi che il suo scudo incassa ma è ovvio che è già arrivato il momento di ideare qualche altra strategia per non soccombere.

Corre in direzione opposta al trace e si volta di scatto. Ha riconquistato la visuale e ora può recuperare un po' di fiato. Felix ricomincia a ballargli intorno e a sferrare rapidi fendenti. Solo uno riesce a superare lo scudo e colpire, ma Arild sposta il busto e se la cava con una lieve escoriazione.

Il suo respiro è di nuovo corto e la visuale compromessa. Stringe la mascella e sente i denti scricchiolare. Anche Felix deve recuperare fiato e Arild può osservare lo sguardo stupefatto dei presenti, compreso quello del suo padrone, mentre sul volto del doctor è disegnato un sorrisetto di soddisfazione.

Felix attacca ancora. Il suo scatto è sorprendente e questa volta Arild non è in grado di opporsi. Il colpo che riceve al fianco gli slaccia la pelle e lo fa piegare sulle gambe. Arild intuisce che sta per arrivare un secondo colpo dall'alto verso il basso; d'istinto si getta in avanti e con lo scudo, di taglio, colpisce le gambe di Felix ma non può evitare la stoccata del trace sulla schiena.

Sono entrambi a terra a imprecare per il dolore. Arild sa di aver perso: se entrambi avessero avuto le armi da gara, probabilmente non sarebbe sopravvissuto all'ultimo colpo ricevuto.

Gli schiavi accorrono per prestare assistenza, gli sfilano l'elmo e gli chiedono dove avverta più dolore, mentre i gladiatori lo stanno applaudendo.

Nonostante l'esito, Arild capisce che ce l'ha fatta, che ha sfruttato la sua occasione.

Avidio e il doctor gli si avvicinano parlottando tra loro. «È davvero Arild?» chiede il suo padrone con una smorfia di stupore disegnata sul volto.

«Sei in debito con me» gli dice Lentulo.

«Benvenuto in famiglia» gli dice Felix.

«Questa sera ti marchierò a fuoco» gli dice Avidio.

***

Gli permettono di lavarsi nei bagni della palestra e gli consegnano vesti pulite. Due schiavi lo cospargono di olio. Arild si riapre la ferita che la matrona romana gli ha procurato sul petto per ricordarsi ogni giorno che dovrà continuare a lottare e ringrazia gli dèi per avergli donato un corpo così potente.

Sa cosa succederà.

È pronto.

Attende questo momento da anni.

È di nuovo nella sabbia. Sono presenti tutti i gladiatori e i lavoranti, ci sono anche i galli. Sono appena tornati dallo Stagnum e dai loro lunghi capelli ancora bagnati capisce che hanno smesso di nuotare da poco. Arild li invidierebbe, se non avesse appena vissuto la giornata più memorabile della sua vita.

Ci sono i bracieri accesi e cinque schiere di torce illuminano l'arena.

Conosce a memoria le parole che dovrà pronunciare. Il *sacramentum gladiatorium*, lì dentro, è un rito solenne.

Avidio indossa una tunica bordata di rosso, al suo fianco ci sono sua moglie, i suoi tre figli e alcuni ospiti. Il più autorevole è il senatore Marco Sestio Gemino, in prima fila accanto alla moglie. Vengono distribuiti calici di mulsum e sopra ad alcuni bracieri gli schiavi stanno appoggiando della carne di cervo.

Il doctor ha vinto la sua scommessa ed è il primo ad alzare il calice. «Nella gloriosa scuola di Avidio Mite Secondo questo giovane uomo, Arild è il suo nome, ha oggi dimostrato davanti a tutti noi di essere degno di diventare gladiatore. Combatterà come mirmillo, oppure come trace, e impegnerà la propria esistenza per onorare la sua nuova famiglia.»

Arild ha una torcia in mano, il battito del suo cuore è accelerato.

«Sopporterò di essere bruciato...» dice.

Si rende conto di essere benvoluto dalla maggioranza dei presenti. Felix sembra quello più entusiasta e solo adesso capisce che le sue provocazioni sono soltanto scherzi bonari, forse è il suo modo di sdrammatizzare quell'esistenza imprigionata. Anche i galli lo fissano con ammirazione. Non sono più incatenati, rimangono tipi riservati e ambigui e continuano a non familiarizzare con nessuno.

«Di essere legato...» dice.

Un senatore, addirittura! Probabilmente uno talmente ricco da potersi permettere di acquistare l'intera scuola di Avidio e massacrare tutti i suoi gladiatori solo per togliersi uno sfizio. Ha una vistosa stempiatura, un corpo obeso e uno sguardo inafferrabile. Sua moglie è immobile accanto a lui, un atteggiamento tra il dimesso e l'imbarazzato, il volto nascosto da un velo nero e le mani intrecciate davanti al ventre.

«Di essere bastonato...» dice.

Sa che la promessa non lo affrancherà dalla sua condizione di schiavo, ma ora il suo corpo è un investimento che il suo padrone dovrà sforzarsi di tutelare.

«Di essere ucciso per questo giuramento» dice.

Avidio lo raggiunge al centro dell'arena, il simbolo della sua scuola è il toro.

Arild gli s'inginocchia di fronte.

Il ferro arroventato che il suo padrone sta impugnando sparge sbuffi di fumo nei dintorni. La forma del toro sulla punta pulsa di un rosso accecante.

Arild serra con i denti il panno imbevuto di vino che Lentulo gli ha lanciato.

Avidio avvicina l'arnese alla sua faccia e va a rintracciare negli occhi di Arild la volontà e la ferocia. Quando le scova, appoggia il ferro sulla sua spalla sinistra con un gesto disinvolto.

Il toro scalcia nelle sue carni, l'orgoglio che prova allevia un dolore altrimenti insostenibile.

Arild è marchiato, per sempre.

Come gli animali...

Un boato di acclamazione sancisce la celebrazione.

Il labiale di Felix fa: «Questo non ti salverà». Sta sorridendo, dev'essere un altro scherzo, potrebbe pensare Arild, ma probabilmente questa volta non lo è.

I galli sono in disparte e la loro reazione è come di consueto indecifrabile. Lentulo esulta stringendo i pugni. Il senatore sorride soddisfatto, forse è la prima volta che assiste a un'investitura del genere, sarà un altro aneddoto che potrà raccontare ai suoi amici patrizi durante i banchetti, sottolineando in maniera dispregiativa certe abitudini di schiavi e plebei.

Sua moglie scosta il velo, un attimo appena, con entrambe le mani. Tenendole sollevate intorno al viso può mostrarsi soltanto ad Arild, che è l'unica persona che ha ora di fronte. Le sue labbra stanno disegnando le parole: "sei mio".

Lui riconosce Claudia e la sua pazzia, ma non vuole inquinare questo momento.

Il suo pensiero corre lontano e raggiunge Brynja, Derek e il soldato romano che li ha salvati.

"*Spero siate orgogliosi di me: sono un gladiatore, ora.*"

Poi si trattiene soltanto su Brynja, proprio come il marchio del toro sulla sua spalla, ed è solo a lei che si rivolge: "*Sono pronto a combattere per te, folle amore mio*".

Brynja
Roma, Foro romano

Allontanarsi dalla domus era salutare per entrambe: Brynja poteva eludere la vicinanza di Valerio e Flaminia riusciva a distrarsi evitando di pensare all'allontanamento di Giulia.

Gneo Domizio Liviano aveva imposto a sua moglie di uscire soltanto se scortata da due schiavi armati. «Mi hanno riferito di averti visto alla Suburra. Non è un posto dove dovresti andare» le aveva detto suo marito, la voce severa.

Il banchetto con Vespasiano era stato un successo. Gli appalti per la costruzione dell'anfiteatro erano in corso di definizione e lui aveva al momento una posizione di vantaggio rispetto agli altri concorrenti. Aveva già ottenuto l'incarico di liberare la Domus Aurea; i sesterzi che stava incassando erano destinati a cementare l'amicizia con l'imperatore. Recapitargli doni, organizzare altre cene e finanziare i prossimi ludi al Circo Massimo erano alcuni dei metodi che stava utilizzando per raggiungere l'obiettivo. Il senatore era scaltro: aveva saputo destreggiarsi nel corso della guerra civile e non era mai finito nelle mire degli imperatori che avevano raccolto l'eredità di Nerone. Sapeva però che alcune correnti del Senato gli erano avverse ed era necessaria una puntuale attività di diplomazia. Umiliare Marco Sestio Gemino, ignorandolo nel corso del banchetto, non era stata forse un'idea intelligente e le voci di ritorsioni nei suoi confronti si erano già sparse in città. Ora si trattava di prendere una decisione: affondare il colpo isolandolo o eliminandolo, oppure coinvolgerlo negli affari con ruoli più rilevanti. In ogni caso, la situazione in cui si trovava lo teneva impegnato tutto il giorno. Nella sua domus, all'interno delle palestre gladiatorie, nei pressi dello Stagnum Neronis e alle terme, era un susseguirsi di incontri con architetti, costruttori, lanisti, senatori e mercanti.

Le frequenti assenze di Domizio rallegravano sua moglie e Brynja. La giovane schiava aveva notato che anche le attenzioni del senatore nei suoi riguardi erano aumentate. Una volta il suo sguardo sorpreso significava: "Chissà perché mia moglie ti vuole sempre vicina". Ora le sembrava che le sue occhiate vogliose le dicessero: "Presto sarà il tuo turno".

"*Dobbiamo fottere questo pazzo. E dobbiamo farlo presto.*"

Le parole sussurrate dal senatore Marco Sestio Gemino al suo assistente continuavano a rimbombarle in testa. Brynja era indecisa se rivelarle alla sua padrona. Al momento era propensa per il no, la domus traboccava già di troppe tensioni.

«Pronta a uscire?» le chiede finalmente Flaminia.

Il Foro e il Tempio di Vesta erano sempre destinazioni imprescindibili: lì c'erano più possibilità di incontrare Giulia. Tentavano vanamente di sbirciare all'interno del Tempio per verificare la consistenza del fuoco. «Potrebbe spegnersi in qualunque momento, e per i motivi più disparati...» diceva la sua padrona «... e lei che colpa ne avrebbe? Nessuno può toccarla, è come una dea, ma questo non impedirà a Roma di seppellirla viva.»

Brynja non si capacita di certe tradizioni ed elabora pensieri che vanno in conflitto tra loro. Li tiene per sé e, con l'intento di dare conforto alla sua padrona, le suggerisce di sacrificare animali agli dèi per la protezione di Giulia.

Flaminia le bacia la guancia: «Sì, andiamo al mercato».

***

Quel giorno le voci degli araldi agli angoli delle vie o sopra i piedistalli di legno ai margini delle piazze riferiscono di pochi ma importantissimi eventi: l'imminente ritorno a Roma di Tito con le sue legioni e il bottino di guerra, le corse sui carri e gli spettacoli gladiatori al Circo Massimo, i lavori per prosciugare il lago ed erigere il nuovo anfiteatro che si chiamerà Flavio, in onore dell'imperatore che lo costruirà e della sua *gens*.

Brynja riconosce uno dei portavoce, è un uomo grasso e barbuto. Lo ha visto pochi giorni prima nella domus lasciarsi corrompere da Polibio con un pugno di sesterzi per decantare le virtù del senatore Gneo Domizio Liviano in pubblico.

«Il bacino dove sorgerà il maestoso anfiteatro sta per essere prosciugato grazie a canali di drenaggio e sarà poi bonificato! Sotto la conca i costruttori troveranno ancora molta acqua e sarà quindi necessario impermeabilizzare l'intera area. Per questo serviranno trentamila tonnellate di terra! L'acquedotto Claudio non rifornirà più lo Stagnum Neronis. Le sue condutture verranno deviate per portare l'acqua in ogni luogo della città! L'illustre senatore Gneo Domizio Liviano sta coordinando di persona le principali operazioni con il consenso del nostro imperatore!»

Flaminia le dice che riuscirà a convincere suo marito a farla assistere ai ludi: «L'ingresso è vietato agli schiavi, ma ora lui ha l'autorità per poter intercedere a nostro favore».

In un banco comprano un coniglio per i sacrifici e poi accedono all'interno di una bottega poco distante, illuminata solo dal tenue bagliore di una candela.

«Cosa ci facciamo qui, domina?» le chiede Brynja, sorpresa che la sua padrona decida di entrare in un luogo tanto angusto.

Flaminia le sussurra con un tono di voce grave e bassissimo, come se le stesse rivelando un segreto inconfessabile: «Bambina mia, certe volte i nostri dèi non bastano ed è necessario rivolgersi a qualcun altro».

Nell'oscurità avanza una donna dai tratti asiatici. Ha lunghi capelli grigi intrecciati e indossa una veste nera orlata di viola. È scalza, ha una collana di perle, bracciali d'argento e la pelle delle sue braccia è ricoperta di serpenti tatuati.

«Non ti ho mai vista prima» dice la donna.

Flaminia chiede a Brynja di defilarsi e le risponde con un filo di voce per non farsi ascoltare: «Ho saputo che una donna di nome Shukura può aiutarmi. Sappi che sono qui proprio per...».

«Non aggiungere altro. Shukura sono io e ti aiuterò.»

Brynja ha nel frattempo ubbidito e si è infilata in un loculo accanto, completamente buio, dal quale riesce però a sbirciare. Vede Flaminia consegnare una manciata di monete alla donna e ricevere in cambio una lastra di piombo e un piccolo pupazzo di legno. La donna accende una ventina di candele intorno a un altare, e ora si riesce a scorgere un mosaico che raffigura degli uomini nudi con le corna, dipinti di rosso e circondati da scorpioni. Flaminia incide con un chiodo la placca e dopo lo pianta nel petto del pupazzo. La donna pronuncia delle parole incomprensibili, poi afferra il coniglio e lo sgozza facendo colare il sangue sulla lastra, sul pupazzo e sulle proprie mani.

La voce di Flaminia è un bisbiglio ma Brynja è ancora in grado di udirla.

«Io ti maledico» sta dicendo.

Le mani insanguinate di Shukura stanno stringendo quella della sua padrona.

«Io ti maledico, io ti maledico, io ti maledico...» ripete Flaminia come una nenia, prima di baciare la donna sulle labbra e, dopo la fine del rituale, richiamarla con una voce spossata dagli sforzi sostenuti: «Tesoro, puoi tornare qui adesso».

Brynja è terrorizzata, le sembra anche di ascoltare il pianto di un neonato alle sue spalle. Si muove verso la luce e arriva presto in strada, il respiro spezzato e il cuore impazzito. Passando accanto alle due donne ha notato però le incisioni sulla placca di metallo. Sono identiche a quelle disegnate accanto al portone d'ingresso della domus dei suoi padroni e significano: Gneo Domizio Liviano.

***

E all'improvviso, appare.

Come un lampo.

Appare mentre il suo cuore palpita, mentre la sua padrona è ancora dentro la bottega insieme a donne che forse possono ammazzarti invocando il tuo nome con le mani imbrattate di sangue, mentre si chiede il perché di tutta quella violenza.

Il cavallo è bianco ed è bardato come un generale. Ha la criniera grigia, il pelo è corto e morbido, la muscolatura poderosa. L'uomo che lo cavalca è un soldato romano, il colorito della sua pelle è scurito dal sole. Equipaggiamenti e armature sono curatissimi, sembrano stati appena creati da un artigiano scrupoloso. Indossa il *sagum* rosso, gli schinieri, la lorica muscolare. Ha le caligne ai piedi, il gladio e la daga corta nelle guaine. È impeccabile. L'elmo con la cresta rossa a mezza luna è parallelo alle spalle, la disposizione delle armi e il *vitis* ne rivelano il grado: è un centurione. Le decorazioni circolari di metallo sulla lorica, che rappresentano le onorificenze ricevute al valore militare, ne attestano l'autorevolezza. Alcune delle effigi sono distinguibili perché riproducono i volti di Vespasiano e di Tito, di Giove e di Marte.

Brynja riconosce quell'uomo. Dopo dieci anni, lo riconosce immediatamente!

Vorrebbe urlare a Flaminia: "Quello è l'uomo che mi ha salvato!". Corrergli incontro e abbracciarlo. Ricordargli: hai una promessa da mantenere.

Rimane invece impietrita dall'emozione e nemmeno si accorge che Flaminia si è allontanata per andare a sbirciare dentro una lettiga nella speranza di trovare Giulia, con le lacrime agli occhi e le mani ancora imbrattate di sangue.

Derek
Deposito sulla via Ostiense,
tra Roma e Portus Augusti

Tre carri di argilla e uno di bronzo, per iniziare.

Derek è il primo ad alzarsi, come ogni mattina. Accende un fuoco, scalda le focacce, prepara le attrezzature e i materiali. Proculo gli ha spiegato come si realizza una scultura con l'argilla, prima, e una statua di bronzo, dopo. Lui impara in fretta. Adora l'odore e la consistenza dell'argilla e ha già fatto alcuni tentativi riproducendo a grandezza naturale Hela, altri due pugnax e il busto di Decio, che tiene nascosto sotto delle coperte.

Derek sta tremando: il momento in cui avrebbero *unito* il corpo di Vespasiano è giunto.

Considerata l'altezza delle statue, avevano infatti dovuto realizzare due diverse sculture. Derek si era occupato della parte inferiore, Proculo di quella superiore.

La scelta di iniziare dall'imperatore era stata imposta da Curzio tramite l'intercessione di Agron, che ogni cinque giorni si recava nella tenuta del padrone per aggiornarlo e per fare provviste di cibo e materiali: «Dobbiamo ingraziarci Vespasiano, ha disposto il dominus. Inutile ricordarvi che non vuole rimanere deluso».

Non lo sarà. Derek incrocia le braccia e rimane incantato a fissare le due composizioni. Lui non ha mai visto l'imperatore, a differenza di Proculo, ma trova perfetti i tratti di quel volto. La corta tunica militare e il *paludamentum* che avvolge i fianchi sembrano reali.

Si appresta a definire gli ultimi dettagli, concentrandosi in particolare sulla lorica. Con una spatola di metallo sistema un minuscolo difetto di una quadriga e una lieve arricciatura nel dorso di un cavallo che sostiene un centurione.

Nel frattempo i cani iniziano ad abbaiare e Proculo lo raggiunge confermando il suo giudizio: «È straordinaria».

«Ma ora c'è la parte complicata, giusto?»

«Giusto, e rischieremo di rendere vano tutto il lavoro.»

«Facciamolo» dice Derek.

«Facciamolo» replica Proculo.

Ricoprono la scultura prima con della cera d'api e poi con un ulteriore strato di argilla. Sono concentrati e scrupolosi. Proculo gli rispiega ogni singolo passaggio e a Derek sembra ancora incredibile che alla fine di quelle minuziose operazioni potranno creare un gigante di bronzo di quasi due pertiche.

«Ricorda, Derek, il manto di argilla deve aderire perfettamente.»

Creano un foro di entrata per il getto del metallo, un altro per la fuoriuscita della cera liquefatta, poi un condotto di sfiato per i vapori caldi e infine i canali di drenaggio per la circolazione del bronzo fuso.

Derek sta sudando ma la sua irrequietezza non lo deconcentra: «Quindi, se ho capito bene, quando il calore del forno fonderà la cera, questa uscirà dai canali lasciando tra i due strati di argilla cotta una sottile fessura nella quale verrà gettato il bronzo fuso. Una volta raffreddato, il manto sarà rimosso e si procederà con la pulitura e la rifinitura. Della successiva doratura si occuperanno altri artigiani a Roma».

«Esatto, Derek» gli risponde Proculo, mentre dà indicazioni anche agli altri schiavi.

Il forno funziona. La colatura del bronzo è eseguita in maniera impeccabile. Le due sculture sono unite utilizzando altro metallo fuso, poi sono rifinite e pulite.

Derek sta tentando di comprendere se le procedure sono state eseguite correttamente, Proculo scoppia a ridere.

«Perché stai ridendo?» gli chiede.

«Perché sono felice, Derek, perché ci siamo riusciti.»

Proprio così: la prima statua dello schiavo con la faccia di un mostro è perfetta.

* * *

Il giorno dopo la statua è sdraiata sopra dei bancali di legno all'interno del fabbricato. Agron e gli altri si stanno complimentando con lui e Proculo.

«Portiamola fuori, e tiriamola su. I cavalli ci aiuteranno» propone Derek.

Lo fanno.

Il sole sta per nascondersi sotto il mare che si scorge in lontananza.

Vespasiano ha il braccio destro alzato. È la posa del generale che richiede l'attenzione e il silenzio delle sue legioni schierate prima dell'*adlocutio*, il discorso per incitare i soldati all'imminente battaglia.

È un momento di esaltazione e di commozione, per tutti loro.

Derek si isola. Di spalle agli ultimi raggi, si posiziona davanti alla statua. I cani gli saltano addosso. Lui li mette a sedere con un cenno della mano. Suo padre, Arild e sua sorella sono nei suoi pensieri. Sputa sui piedi scalzi dell'imperatore di Roma.

Ha paura.

Proculo suggerisce di svuotare l'ultima anfora di mulsum, la proposta ottiene il consenso degli altri per acclamazione.

Derek dice loro che li raggiungerà presto, afferra una torcia e s'incammina in direzione di Portus Augusti.

Agron distribuisce i calici di terracotta e racconta l'*adlocutio* di tre secoli prima, in occasione della battaglia di Zama: «Ricordatevi delle precedenti battaglie e mostratevi uomini valorosi, degni della vostra patria. Rammentate che se vincerete il nemico permetterete la supremazia e il dominio di Roma su tutto il mondo conosciuto. Se perderete, chi morirà da vero soldato avrà la gloria; chi fuggirà vivrà invece nella vergogna e nella miseria. Avete quindi solo due obiettivi: o vincere o morire. Solo chi si pone questa unica alternativa riesce sempre a battere il nemico, perché va in battaglia senza curarsi della propria vita».

Tutti i cani, Hela in testa, sono dietro di lui.

Derek è concentrato soltanto sui suoi passi e sul suo respiro. Non si domanda nulla, non pensa a niente. Un passo dopo l'altro, solo quello, finché ne avrà la forza.

È una sensazione strana, una sorta di tregua a Roma, al fato, agli dèi e alla sua faccia.

Non vuole più specchiarsi.

Giunge in una spiaggia, mette i piedi nell'acqua. Lancia pezzi di legno ai cani e poi si sdraia sulla sabbia. Si gode i suoni delle piccole onde che s'infrangono. Chiude gli occhi e respira ancora, profondamente, riempiendosi i polmoni fino ad allargare il petto di una spanna.

Si muove prima che sopraggiunga l'alba, non può permettersi di farsi vedere da nessuno.

Durante il tragitto incontra un solo uomo, probabilmente uno schiavo che è stato punito e abbandonato lì. L'uomo sta delirando, è adagiato in una pozza del suo stesso sangue. Ha una ferita aperta sulla coscia, a breve morirà dissanguato. Derek avvicina la torcia al suo volto. L'uomo apre gli occhi e appena lo vede inizia a sghignazzare, poi gli dice: «Sapevo che saresti arrivato, e che avresti avuto proprio quella orrenda faccia».

Derek si scosta, si sorprende a constatare che il suo respiro non è cambiato. Con una naturalezza che non sarà mai in grado di comprendere, compie un paio di gesti con le mani dicendo: «Avanti!» e tutti i suoi cani, guidati da Hela, si accaniscono in maniera furiosa sulle carni dell'uomo.

Rientra quando i luccichii dell'alba colorano l'imperatore di Roma.

Rimuove le coperte e scopre il busto di Decio. Nel suo viso aveva inciso i suoi stessi sfregi. Con una spatola e un po' di argilla gli aggiusta la faccia.

Poi si addormenta.

Arild
Roma, Domus Aurea / scuola gladiatoria

Arild ha insistito per andare a lavorare nella Domus Aurea e Avidio lo ha accontentato.

Lentulo era contrario: era un gladiatore adesso, aveva giurato, i suoi obblighi erano confinati all'allenamento e al combattimento.

È il giorno in cui devieranno le condutture dell'acquedotto. Lo Stagnum Neronis non sarebbe più stato un lago e Arild desidera nuotarvi un'ultima volta.

Giunge nella Domus Aurea appena dopo l'alba con i galli e altri dieci schiavi, scortati da due *vigiles* incaricati. L'area non è ancora gremita e le attività non sono iniziate. Al centro del lago, la nave non c'è più: durante la sua assenza è stata trascinata a terra e distrutta.

Un ultimo bagno...

Riconosce alcuni dei responsabili dei lavori ma non chiede loro il permesso, è certo che non glielo accorderebbero. C'è la possibilità che lo puniscano, ma si assume il rischio e si getta nel lago.

Nuota sott'acqua per un lungo tratto e quando riemerge si accorge che molti uomini si sono tuffati subito dopo di lui e altri continuano a emularlo. Dallo Stagnum si alzano spruzzi d'acqua e grida di contentezza.

Le facce dei responsabili e dei sorveglianti svelano stupore ma nessuna irritazione. Anche i galli si sono gettati, le loro bracciate sono potenti. Arild propone loro di gareggiare, insieme stabiliscono un punto di arrivo e incaricano un altro schiavo di impartire l'ordine di partenza. La distanza copre una decina di pertiche. Al via, Arild inspira profondamente e si immerge. Chiude gli occhi e si concentra solo sui movimenti delle braccia e delle gambe. Nuotare lo fa sentire libero. Adora la sensazione dell'acqua addosso alla pelle. La fatica lo esalta e lo fomenta a dare sempre qualcosa in più. La testa riemerge a meno di una pertica dall'arrivo, e solo in questo momento scopre che i galli sono tutti davanti a lui.

Alcuni schiavi lo deridono. I galli non concedono mai molto, come al solito, ma a uno di loro scappa un mezzo sorriso di soddisfazione. Sono molto vigorosi, sta pensando Arild, e si chiede perché non si siano mai proposti come gladiatori.

Nel frattempo un uomo viene trascinato a riva e sottoposto a trattamenti volti a rianimarlo. I tentativi risultano vani. Un addetto annota il decesso mentre riceve le istruzioni di Quinto Aterio. In acqua ci sono ancora un centinaio di persone. L'addetto urla: «Tutti fuori, adesso! Questo lago è un marchio di infamia per l'Impero. Chi l'ha ideato e realizzato ha sottratto alla città di Roma una vasta area che era di proprietà del popolo, solo per soddisfare la propria vanità. Questo lago riflette il declino, il sopruso e l'avidità. È un passato che non arriverà ai posteri, perché lo riscriveremo. Voi, lo riscriverete! Prosciugarlo significa purificare. Oggi ripariamo la storia. Oggi inizieremo a liberare la città dagli ingombri per costruire il più grande anfiteatro del mondo! E sarete voi a farlo! Voi! Siate quindi orgogliosi di servire la storia!».

I presenti esultano, Arild lo fa battendo le mani sull'acqua.

I galli sono gli unici a non unirsi agli inni.

Intanto, il Colosso di Helios spezza i raggi del sole e scaglia verso le acque lame di tenebra.

***

«Trace o mirmillo?»

Lentulo lo chiede ai tre gladiatori più esperti proprio davanti a lui.

Arild sta ancora valutando, ma sa che spetterà ad Avidio decidere il suo ruolo.

Mancano ancora una manciata di settimane agli spettacoli del Circo Massimo, la tensione all'interno della palestra sale e gli inservienti stanno già preparando le armi e le attrezzature. Prima dei ludi è previsto il tributo al generale Tito nelle vie di Roma e Lentulo sta spifferando che Avidio ha in mente qualcosa di esaltante per attirare l'attenzione dell'imperatore.

Robustus scherza: «Mirmillo, così potrà combattere contro Felix e scannarlo per la gioia di tutti». Hermes picchietta le dita sulle tempie: «Non è una scelta facile: è sia potente che rapido». Felix è pensieroso. Ci si aspetta una battutina sarcastica che però non arriva. Robustus lo incita assestandogli un debole calcio sulle gambe.

Il sole è cattivo come i pugnax da combattimento e i gladiatori prescelti cercano riparo sotto le tettoie.

«Trace» dice alla fine Feli «Trace come me. E come Spartaco.»

Lentulo ha un sussulto e si guarda intorno: «Maledizione, non farti sentire dal dominus».

Arild allarga le braccia: «Chi è Spartaco?».

«No! Dimenticalo! È un nome che non dovrai mai pronunciare in presenza del padrone o di un patrizio.» Il tono di voce di Lentulo smaschera il suo nervosismo. «E tu, Felix, ma cos'hai in testa?»

Felix si allontana e con calma risponde: «Ho un elmo, solo un elmo, e morirò indossandolo».

Robustus ed Hermes si scambiano uno sguardo interrogativo, Lentulo si nasconde il viso tra le mani e Arild chiede spiegazioni: «Ma che sta succedendo?».

Nel frattempo Avidio gli si avvicina per dirgli: «Non combatterai al Circo, voglio rivederti all'opera e decidere il tuo ruolo con più calma. Dobbiamo anche pensare a un nome da darti, il tuo non è suggestivo, e per i romani non significa nulla».

Arild non replica, sta pensando a Spartaco, a Felix, ai galli e ai laghi che non ci sono più.

***

Le celle dei gladiatori sono tuguri con una sola piccola fessura nelle pietre incastonate, il giaciglio è scomodo. Arild odia la notte. L'associa alla solitudine, a certi orrendi ricordi e a un sonno dove non c'è mai nulla. Alcuni suoi compagni gli hanno raccontato che la preferiscono, perché solo con questa è possibile far *succedere* i sogni. A lui non capita, al risveglio non ricorda nulla. Sa solo che un momento è lì, solo, al buio, stremato e sdraiato dove c'è posto, coi suoi pensieri stropicciati, le lotte e le matrone, le catene e Brynja, il lago e Derek, e un attimo dopo i suoi occhi si riaprono con la luce. In mezzo, chissà quanti giri di meridiana sono, non c'è niente.

Una pessima invenzione degli dèi, il riposo, un maledetto stratagemma per far perdere tempo agli uomini.

Si è allenato con Felix tutto il giorno, lo ha trovato incupito, non riesce a capirne il motivo. Gli ha domandato di Spartaco, lui non gli ha risposto.

Ha chiesto a Lentulo di proporlo ad Avidio come trace. Ha un armamento più leggero del mirmillo e il suo modo di combattere è più dinamico.

Il doctor gli ha assicurato che ci avrebbe provato.

Durante una pausa gli ha detto: «Ho pensato anche al nome».

«Sentiamo» ha replicato Lentulo, incuriosito.

«Pugnax. Mi piacciono i cani. E se addestrati bene possono rivelarsi letali.»

«Mi piace, approvo. Riferirò anche questo al padrone.»

Dalla fessura non penetra alcuna luce, il cielo dev'essere nuvoloso. Arild sta rimuginando sui galli. Al loro rientro dalla Domus Aurea lo hanno cercato per aggiornarlo sui lavori. Il lago è ora un grosso pantano, si continua a scavare intorno per creare canali di scolo. Ci vorranno giorni. Ignora il motivo di questa loro improvvisa loquacità. Li ha osservati, per tutto il resto della giornata. Si sono guardati intorno, fissando soprattutto gli ingressi della scuola e i sorveglianti. Hanno cercato approcci con due soli gladiatori: lui e Felix. L'idea che stiano escogitando una fuga gli sembra fattibile. È quello il motivo del nervosismo del trace? Dovrebbe avvisare il padrone? Dovrebbe unirsi a loro?

Si sta tormentando, per la prima volta desidera che il sonno arrivi presto.

Prega gli dèi di sognare.

E visualizzando Brynja, pensa di dar loro degli ottimi consigli.

Il trionfo dei Flavi

La sfilata delle milizie legionarie è accompagnata dalle musiche delle trombe, dei corni e degli organi ad acqua.

Il senatore Gneo Domizio Liviano ha ottenuto dall'imperatore il privilegio di organizzare il trionfo da tributare al figlio Tito, finalmente di ritorno dalla Giudea.

È proprio Domizio che ha scelto i percorsi che Flavi e milizie affronteranno: il primo dal Tempio di Iside a Porta Ottavia, il secondo dal Senato al Campidoglio, nei pressi del Tempio di Giove, oltrepassando la Porta Trionfale.

È lui che ha deciso di allestire la tribuna di fronte al Senato dove ha fatto posizionare due seggi d'avorio affinché Vespasiano e Tito possano ricevere l'acclamazione dei soldati, dei senatori, dei magistrati e dei cittadini dell'ordine equestre.

È lui che ha scelto i carri migliori da destinare alla rassegna, i cavalli, le loro bardature e la schiava che avrebbe accompagnato il generale lungo il percorso affinché pronunciasse le parole di un'usanza decaduta della Roma repubblicana che però l'imperatore ha voluto reintrodurre per l'occasione.

È lui che ha fatto approntare i banchetti in cinque diverse piazze della città, distinguendoli per ceto sociale.

I romani sono tutti in strada, molti già prima dell'alba per procurarsi i posti con la migliore visuale. Cordoni lunghi venti stadi definiscono il tragitto dei Flavi e delle truppe lungo le vie di Roma.

I vessilli e le insegne delle legioni sono puntati contro il cielo insieme all'aquila e alle picche con le facce in bronzo dorato di Tito, Vespasiano e Marte.

I passi dei soldati sono sincronizzati. Agli uomini che hanno conquistato Gerusalemme vengono lanciati petali di rosa. Il loro portamento è marziale. Le spalle sono rigide, il mento è sollevato verso l'alto. Le bardature poste sulle loro tuniche creano suggestivi riflessi di luce.

Vespasiano e Tito indossano vesti di seta color porpora e sul loro capo è stata appoggiata la corona d'alloro. In alcuni luoghi prestabiliti, al loro passaggio, vengono liberate centinaia di colombe.

L'imperatore ha imposto che le maggiori attenzioni e le commemorazioni più esaltanti siano rivolte a suo figlio. Tito lo precede sulla quadriga con decorazioni d'oro e d'avorio. La schiava che, secondo la vecchia tradizione, lo deve ridimensionare rispetto alle divinità e riconsegnare agli uomini, è proprio Brynja.

I soldati urlano i nomi delle legioni d'appartenenza mentre i centurioni sollevano i crani appesi ai giavellotti di alcuni dei nemici trucidati. Al centurio primus pilus *Livio Amanzio è stata affidata la testa appena recisa di un giudeo che sta ancora colando sangue.*

L'entusiasmo di Roma è incontenibile.

I legionari compiono il primo dei due percorsi arrestandosi e schierandosi davanti al Senato, al fianco dei loro generali. L'allineamento è perfetto: le ombre che disegnano sulla pavimentazione non presentano sbavature. Il saluto «Ave» esplode. Le urla estasiate del pubblico lo coprono un attimo dopo.

L'editor enuncia le gesta eroiche dei soldati, decantando con commozione quelli che hanno sacrificato la vita per la patria, ed elenca i luoghi degli scontri e il numero dei morti. Quello dei nemici è raddoppiato.

Vespasiano si alza dal seggio d'avorio e portando le mani sopra le spalle ottiene immediatamente il silenzio. Pronuncia le preghiere solenni ringraziando gli dèi e sacrificando a loro sette tori. Tito rimane seduto. L'altro figlio, Domiziano, è rimasto sul cavallo, e sembra che stia adocchiando la moglie del senatore Marco Sestio Gemino. Ai più attenti non sfugge che lo sguardo malizioso è ricambiato dalla matrona.

Senatori e magistrati s'inchinano ai Flavi. La virgo vestale massima *rende onore ai Flavi offrendo loro la* mola salsa. *La novizia che ha accanto sta sorreggendo un vassoio d'argento con delle ampolle colme di olio.*

Anche i suoi occhi sono a caccia di qualcuno. Cercano suo padre: il senatore Gneo Domizio Liviano è uno degli uomini più vicini a Vespasiano e riesce a trovarlo subito. I loro sguardi impattano tra le ovazioni. Lui le sorride, lei no. Lui subito dopo abbassa lo sguardo, lei no.

Sua madre è di certo tra le patrizie accalcate dietro i palchi. Giulia cerca anche lei. Non la troverà, nemmeno oggi. Flaminia la piangerà come ogni giorno. Soltanto un po' meno, ora che il suo centurione sta tornando da lei.

Il secondo corteo prevede che i legionari marcino fino al Campidoglio.

I capi della rivolta, Simone e Giovanni, insieme a settecento prigionieri scelti per statura e prestanza fisica, vengono trascinati in catene.

Su decine di carri trainati da cavalli di provenienza orientale sono depositate le ricchezze sottratte ai popoli sconfitti. Traboccano oggetti d'oro, d'argento e d'avorio, statue di materiali pregiati raffiguranti le divinità nemiche, preziosissime stoffe ricamate secondo le consuetudini babilonesi. Sfilano anche animali esotici adornati insieme ai loro conduttori, vestiti di porpora e d'oro.

Soprattutto, sono esposti i tesori trafugati nel tempio di Gerusalemme: il candelabro d'oro a sette braccia, le trombe d'argento e una copia della Legge dei Giudei sono quelli più preziosi.

Il corteo lambisce la Domus Aurea dove centinaia di schiavi stanno eseguendo le nuove disposizioni di Quinto Aterio: raccogliere tutti i massi di grandi dimensioni.

Non di quelli pregiati, marmi e travertino sono esclusi, devono essere risparmiati per la successiva costruzione delle facciate. Per le fondamenta gli architetti avevano deciso di riempire lo Stagnum Neronis con migliaia di pietre e poi gettarvi sopra il calcestruzzo. Il primo carro giunge nello smisurato fossato proprio quando Vespasiano vi rivolge lo sguardo, immaginando il suo anfiteatro al termine dei lavori. È proprio un giudeo, assistito da altri cinque schiavi, a scaricare i massi dal carro e a gettare il primo in un fossato profondo oltre tre pertiche. Nota le scritte "Vergogna" e "Perdono". Pensa che abbiano in qualche modo a che fare con Gerusalemme, non può sapere che invece rappresentano l'emozione più intensa e il sentimento più urgente di un soldato romano coinvolto in un'atroce vicenda di redenzione.

Lungo le vie di Roma altri schiavi, sorvegliati dai vigiles, *distribuiscono brocche di vino, focacce e monete.*

Brynja è truccata e guarnita come una patrizia. Assolve il suo compito sussurrando nelle orecchie di Tito, mentre questi riceve onori che una volta spettavano solo agli dèi: «Ricordati che devi morire. Ricordati che sei solo un uomo».

Gli editor incaricati magnificano le gesta di Tito e delle sue legioni. Su dei cartelli attaccati alle picche sono rappresentate scene di guerra: contrade e fortezze nemiche devastate o conquistate, schiere di nemici sterminati, mura di cinta sgretolate dalle macchine d'assedio, legioni che si riversano nelle città conquistate, templi che bruciano. Ampio risalto è stato dato a madri giudee che divorano i propri figli per scampare alla fame.

Tra la folla spicca il lanista Avidio, che indossa il suo abito migliore e vistosi gioielli. È circondato dai suoi dieci gladiatori più valorosi, abbigliati come in occasione delle lotte negli anfiteatri, per attirare su di sé e sulla sua scuola le attenzioni dei cittadini.

Arild è tra questi, ha la boria di un generale e il corpo di Ercole. Ha gli occhi rivolti alle quadrighe dei Flavi. Nota la bellissima donna che sta sostenendo la corona di alloro sul capo di Tito. Pensa: "Io l'ho già vista...".

L'imperatore e suo figlio indossano ora le vesti trionfali, con loriche muscolari ricche di effigi. Raggiungono il Tempio di Giove, liberano le legioni e attendono l'arrivo dei cadaveri di Giovanni e Simone, trascinati con una corda al collo da un cavallo in corsa.

L'ultimo sacrificio sancisce la fine della celebrazione.

E adesso si può banchettare.

Brynja
Roma, domus del senatore Gneo Domizio Liviano

Dopo il maleficio, Brynja l'ha abbracciata tra la folla e la sua padrona ha corrisposto senza alcun imbarazzo macchiandole le vesti di sangue. Brynja le ha confessato di aver avuto paura e di aver capito che il sortilegio era rivolto contro Domizio. Flaminia ha tentato di rassicurarla: «Mi dispiace che tu abbia assistito, forse non avrei dovuto». Brynja si è fatta coraggio e le ha confidato di aver origliato alcune delle conversazioni private tra Marco Sestio Gemino e il suo schiavo personale e che anche gli intenti del senatore erano di sbarazzarsi di suo marito. «Ora hai un'alternativa in più, domina, per liberarti di tuo marito» ha aggiunto Brynja, accogliendo un altro abbraccio.

Poi le ha parlato della sua esperienza sulla quadriga di Tito e di *quel* soldato romano che ha appena rivisto.

«Quello che mi ha salvato» ha specificato.

E Flaminia le è svenuta addosso.

Non c'è l'imperatore ma sono presenti un console, il prefetto e tre senatori. Uno di questi è Marco Sestio Gemino.

La domus di Gneo Domizio Liviano è diventata la più ambita di Roma dai patrizi più facoltosi. Il nome del senatore è ora quello più pronunciato in città, al pari di Vespasiano e Tito. È per lui il momento di allacciare nuove alleanze e di cementare quelle passate.

La villa è carica di apprensione, dopo l'uccisione del gladiatore Karim e l'addio di Giulia. L'assenza dell'imperatore rende però Gneo Domizio Liviano più disinvolto. Scherza con gli schiavi, intrattiene i presenti con aneddoti e distribuisce doni. A Gemino regala un cucciolo di leopardo, al console due schiavi, al prefetto una delle loriche appartenute a Ottaviano. L'assenza di Flaminia lo infastidisce perché potrebbe alimentare pettegolezzi e si augura che la verità riferita agli ospiti sia sufficiente a spegnerli. Come una cantilena, continua a ripetere: «Oggi Flaminia ha avuto un malore e non può presenziare, è mortificata e si scusa con tutti voi». Per una volta la verità sembra funzionare. Ai lati del peristilio e del *triclinium* ha posizionato le prostitute e i giovani egiziani per il diletto degli ospiti. Matrone e politici si complimentano con lui per l'investitura di Giulia.

Brynja è relegata in cucina con abiti sudici e la pelle imbrattata di spezie maleodoranti. «Resta lì, tesoro mio, se vuoi puoi riempire le brocche di vino» le aveva detto Flaminia con l'intento di proteggerla e metterla al riparo da certe intenzioni di alcuni degli uomini presenti.

L'esperienza maturata nelle ultime settimane permette agli schiavi della domus di adoperarsi con una certa sicurezza e la serata procede senza intoppi. Non sono previste le esibizioni di fiere, gladiatori, attori e acrobati. Sono soprattutto le chiacchiere sui prossimi ludi al Circo Massimo e sul trionfo conferito a Tito a coinvolgere gli ospiti. Gli eccessi di vino attenuano i pudori e iniziano a fioccare battutacce sconce e pettegolezzi sulle famiglie nobili assenti. Alcuni uomini si assentano per vomitare e per accoppiarsi, altri ipotizzano che Gneo Domizio Liviano abbia in serbo una sorpresa. Intanto musicisti e danzatrici si alternano tra loro mentre prosegue l'andirivieni delle pietanze nei vassoi d'argento a opera di schiavi puntualissimi e motivati dal terrore di fallire.

La curiosità spinge Brynja ad affacciarsi più volte nel *triclinium*. I suoi occhi cercano soprattutto i padroni. Nota la noia di Valerio e l'eccitazione di Domizio. Sta pensando: la mia padrona odia suo marito quanto Gemino. È proprio a lui e alla schiera di persone che ha intorno che decide di avvicinarsi. Un liberto greco sta dicendo: «La presenza degli schiavi è fondamentale per la visione del mondo che ha il cittadino romano. I servi gli rendono la vita più comoda e lo rassicurano, fungono da specchi compiacenti. Il cittadino romano si sente migliore: più forte, più intelligente, più sicuro di sé grazie alla loro presenza perché gli schiavi gli offrono l'esempio di un'umanità disprezzabile, priva di onore. Gli mostrano ciò che non dovrà mai essere, un uomo sottomesso ai capricci di un altro».

Marco Sestio Gemino lo zittisce: «La questione è molto più semplice. Sono *res*, non hanno alcuna dignità! Guardateli: inespressivi, insensibili, dei pupazzi. Non hanno il peso delle responsabilità e non devono prendere decisioni! Noi ce ne occupiamo, badiamo alla loro sopravvivenza, vivono nelle nostre case! Sono i favoriti degli dèi, per come la vedo io! Guardate questa ragazza, per esempio».

Brynja si è avvicinata troppo ed è proprio lei che Gemino sta indicando. «Vieni qui» le ordina il senatore. «Di', quali sono le tue ambizioni, i tuoi progetti?»

Brynja abbassa il capo e sussurra: «Servire... i miei padroni... nel migliore dei modi...».

Gemino si batte una mano sulla coscia: «Cosa vi ho appena detto?».

«Ma è poco più di una bambina» replica il liberto pentendosene un attimo dopo.

«Una bambina, dici?» e ora gli occhi di Gemino indugiano sul corpo della schiava con troppa insistenza.

È Polibio a toglierla dall'impaccio, scusandosi con i presenti e rimproverandola con un tono convincente: «In cucina, schiava, subito! Le altre ti stanno aspettando!».

Brynja si allontana mentre Gemino si rivolge al liberto chiedendo il nome della ragazza.

Intanto, quelli che ipotizzavano una sorpresa possono esultare. Gneo Domizio Liviano fa cessare la musica e annuncia: «Un attimo di attenzione, per favore. Come voi tutti sapete, il generale Tito, figlio del nostro amato imperatore, ha trasportato a Roma il ricchissimo bottino della guerra vinta contro i giudei. Una guerra dispendiosa e difficile. Sono lieto di comunicarvi che uno dei nostri legionari più valorosi è qui per parlarci degli accadimenti avvenuti in Oriente negli ultimi anni».

La notizia allieta gli ospiti: le storie di guerra sono sempre appassionanti. Loro saranno i portavoce di aneddoti inediti e potranno compiacersi svelandoli ai propri conoscenti nelle prossime occasioni d'incontro.

Gneo Domizio Liviano alza le braccia e attende che il clamore cessi.

Poi dice: «Vi presento il *centurio primus pilus prior* Livio Amanzio!».

***

Lui è qui!

Brynja s'impone di trattenere urla di contentezza e di corrergli incontro. Il tremolio incessante del suo corpo è notato dalle schiave che ha intorno. Le porgono un boccale d'acqua, l'emozione prende il sopravvento ed è costretta ad accasciarsi. Perde la visuale di Livio e si concentra sulla sua voce. È incerta, balbettante, almeno all'inizio.

Anche lui è emozionato, e mi sta cercando...

Sta parlando di Gerusalemme.

Dice: «Non è stato facile. Il generale Tito era a capo di quattro legioni ma le mura dei giudei sembravano invalicabili. Tre cinte murarie sulle colline. I nemici lanciavano pietre e dardi: noi non siamo indietreggiati. Le fonti per i rifornimenti erano lontane, mancava l'acqua, ma noi abbiamo resistito».

Mi sta cercando e non mi trova...

Il prefetto gli chiede: «È vero che alcuni legionari hanno disertato?».

La voce di Livio si fa ancora più titubante: «Qualcuno sì, ma stiamo parlando soprattutto di ausiliari».

Altri nobili lo incalzano, Livio è a disagio: «Nelle fasi iniziali, quando due delle nostre legioni erano impegnate a costruire l'accampamento, i giudei hanno attaccato di sorpresa. I soldati non erano preparati e sono fuggiti, ma solo perché disarmati e impotenti. Ma poi sono tornati tutti e, insieme, li abbiamo respinti».

È in difficoltà, *non sta più pensando a me...*

«Li abbiamo assediati. Abbiamo costeggiato la cerchia muraria alla ricerca di varchi per poter penetrare e sferrare un attacco. Tito in persona ha guidato le ricognizioni. Profondi dirupi impedivano l'accesso in gran parte del perimetro. Abbiamo utilizzato armi d'assalto, catapulte e baliste per indebolirli. Abbiamo costruito torri mobili per annientarli. Loro hanno risposto lanciando dardi incendiari e inviando manipoli di combattenti per distruggere la nostra artiglieria d'assalto e i terrapieni che stavamo innalzando. Tito ha disposto l'impiego degli arcieri e dei reparti di cavalleria per difendere le nostre installazioni. È complicato da spiegare ma è stata proprio quell'incosciente e avventata audacia la loro forza.»

Il suo tono di voce s'indurisce, la frenesia e l'ansia di quei giorni lo stanno riportando laggiù...

«L'assedio è durato mesi. Le loro mura, davvero, sembravano inespugnabili. Ci sono stati parecchi scontri, purtroppo molti dei nostri soldati sono caduti, la patria renderà onore al loro sacrificio. Tito ha ordinato la costruzione di un vallo lungo quasi quaranta stadi intorno alla città per poter bloccare i loro approvvigionamenti di cibo e acqua. Migliaia di nemici sono morti di fame. I cadaveri venivano lanciati nei burroni. Tito avrebbe voluto evitare un simile scempio, ma i nemici non hanno voluto arrendersi.»

Ricorda anche me, Livio. Salvami ancora...

Livio prosegue con la narrazione ma è evidente che rievocare certi momenti lo infastidisce e allora racchiude in poche parole mesi di ostilità e tronca il suo discorso con un solenne: «La forza di Roma alla fine ha prevalso, come sempre». I presenti applaudono e si complimentano. Ora è però assediato dalla loro curiosità; certe voci erano arrivate a Roma con le missive molto prima del suo arrivo.

Era vero che una madre aveva ucciso il proprio figlio per sfamarsi? E che i nemici assediati mangiavano lo sterco dei bovini? E che a Gerusalemme imperversava una guerra civile e che la frangia più estremista, quella che rifiutava ogni proposta di resa, massacrava chiunque volesse arrendersi o disertare?

Sì, era vero.

Ed era vero che molti uomini fuggivano cercando riparo tra i romani dopo aver inghiottito monete d'oro? Che gli ausiliari delle legioni romane li avevano visti rovistare tra le loro feci per recuperarle e che catturavano i giudei per sventrarli e recuperare il bottino? Che le terre intorno a Gerusalemme erano state completamente disboscate per utilizzare il legname necessario alla costruzione di torri, terrapieni e armi d'assalto? Che Tito aveva disposto la crocifissione di molti prigionieri con l'intento di incoraggiare la resa e che la propaganda del nemico aveva invece sfruttato quello scenario per fomentare ulteriormente il popolo contro gli invasori? E che, mosso dalla pietà ma nell'impossibilità di accudirli e sorvegliarli, costringeva i disertori giudei a rientrare a Gerusalemme dopo aver mozzato loro le mani per dimostrare che non avevano tradito?

Sì, era tutto vero.

E poi: com'era il deserto, com'era il mare lì vicino, com'era il cielo. Che animali aveva visto, quali piante. Cos'aveva mangiato, quanti giudei aveva ucciso. Come li aveva uccisi. Com'era il figlio dell'imperatore, davvero.

Cercami, soldato. Hai trovato una via di fuga in Giudea. Trova anche me...

Brynja si rialza e tenta di farsi largo. Tocca senza volerlo uno degli ospiti e riceve una sberla e un'imprecazione. Non ci bada e procede di un paio di passi. Trova un varco e avanza ancora. Incrocia lo sguardo di Polibio, il labiale del liberto fa: «Vattene via!».

Livio si sta guardando intorno, l'espressione di nuovo spaesata...

Ora riesce a intravedere la lorica del centurione con le sfarzose decorazioni. Non è lontana, ma inoltrarsi diventa sempre più complicato. Una matrona la prende a calci e la insulta. Valerio, lì vicino, se la ride. Brynja scova un altro piccolo accesso alla sua destra e cambia direzione. Livio è sempre più vicino, ma ora i dubbi nella sua testa si ingarbugliano come le persone in quella calca.

Sarà contento di rivedermi? Perché dovrebbe interessargli? E io, cosa potrei dirgli?

Brynja si rende conto solo in questo momento che ha associato il ritorno di quell'uomo alla sua liberazione e all'incontro con suo fratello e Arild, ma non funziona così. Funziona come al solito, invece: lei è una schiava. Lei non può permettersi di avanzare pretese. Lei è una *res*.

Livio è vicinissimo.

Lei esita.

La mano di un uomo le afferra il braccio sinistro e la trascina via.

È un uomo che conosce benissimo, la sua voce puzza di mulsum e di morbosità.

«Io e te ora ci facciamo un giro» le sta dicendo il suo padrone.

Lui la spinge in una stanza accanto al *triclinium*, dove ad attenderli c'è Marco Sestio Gemino.

Gneo Domizio Liviano gli dice: «Era lei che volevi?».

Il senatore sta accarezzando il cucciolo di leopardo che ha ricevuto in dono: «Lei, certo, perché no?».

Il suo padrone ha intenzione di ingraziarsi Gemino. Gli dice, una risata grassa e chiassosa: «Sapevi che questa è la serva che bisbigliava al generale Tito durante il trionfo?».

Lei per loro è soltanto il cucciolo di qualche altra bestia.

Gemino si unisce alla risata del suo nuovo alleato: «Bene, avrà molte cose da raccontarci allora».

Non piangere mai davanti a loro…

Brynja chiude gli occhi e respira con forza, il petto si gonfia.

Perché non mi stai cercando, Livio?

Un pensiero è sempre per Arild: *perché non sei qui, insieme a me? A difendermi?*

Punta gli occhi di Gemino.

Lo guarda come se lo volesse davvero.

Non riuscirai a farmi male…

E poi si toglie le vesti.

Derek
Deposito sulla via Ostiense,
tra Roma e Portus Augusti

Dieci carri di argilla e tre di bronzo, per continuare.

Agron suggerisce di lasciare la statua di Vespasiano fuori dal fabbricato, contro il parere degli altri. Belbo è quello che protesta con più veemenza: «L'abbiamo lasciata fuori fin troppo tempo. Potrebbe attirare l'attenzione di qualche malfattore, potrebbero rubarla!».

L'insistenza di Agron prevale: «Hai ragione, ma lasciamola qui ancora un po', per favore».

Proculo sta modellando la coscia di Spartaco: «Dovremmo farla meno robusta?».

Derek ha insistito per costruire la statua dello schiavo ribelle. Rappresentare anche i nemici di Roma era stata un'idea del suo padrone per stupire l'imperatore. Lui e Proculo sapevano di dover escogitare accorgimenti per umiliare e ridicolizzare gli avversari di Roma. Derek voleva però lasciare un messaggio, seppur velato, e creare qualche simbolo che potesse richiamare, anche se in modo ambiguo per non incorrere nella censura, la nobiltà degli intenti di Spartaco. Nel frattempo, mentre continua a occuparsi di scolpirne il busto, risponde a Proculo: «Forse no. Forse mostrarlo vigoroso darebbe maggior valore all'azione dei romani».

Immagina che Spartaco avesse un fisico possente, statuario, carico di cicatrici. Non sa che faccia avesse; ipotizza un'ampia mascella, labbra carnose, un naso proporzionato, capelli lunghi.

Agron è uno puntiglioso: «Pensavo alla testa... la stacchiamo? Anche se il suo corpo non è mai stato ritrovato, possiamo supporre che sia stato decapitato».

Derek questa volta deve cedere: «Sì, possiamo staccarla dal collo e attaccarla a un'asta impugnata dalla sua mano sinistra».

La mattinata trascorre poi nel silenzio, tutti concentrati sulle rispettive mansioni: Kiros, Kande e Jelani aiutano Agron a sistemare i materiali e a ripulire il forno, Proculo e Derek continuano a modellare l'argilla definendo le gambe e il busto, Belbo istruisce i pugnax ad aggredire il bersaglio da quattro diverse direzioni.

Credendo di non essere notato da nessuno, Derek scrive sulla schiena di Spartaco: "Tornerò e sarò milioni".

***

Quando Derek indossa la maschera i pugnax diventano più aggressivi.

Li ha divisi in cinque gruppi da quattro e ora, brandendo un bastone, sta ordinando al primo di attaccare uno dei fantocci di legno costruiti da Belbo. I cani guidati da Hela lo aggrediscono con una ferocia inaudita e lo distruggono riducendolo a brandelli che poi gli consegnano scodinzolando.

Belbo sta prendendo appunti, Derek gli dice: «Tre di loro potrebbero uccidere un leone».

«Sì, i migliori potrebbero farcela.»

Derek sostituisce i fantocci e guida l'assalto degli altri quattro gruppi fino al dissolvimento dell'ultimo bersaglio.

«Ora vanno premiati» dice Belbo «e possiamo iniziare a marchiare quelli pronti a combattere nell'arena.»

In lontananza notano una nuvola di polvere alzarsi dal terreno e distinguono tre cavalli.

Kiros corre allarmato verso il deposito, forse per andare a procurare dei drappi per coprire la statua di Vespasiano. «Maledizione, la vedranno!» sta urlando.

I pugnax digrignano i denti e iniziano ad abbaiare, Derek li fa tacere colpendo Hela, Belbo guida gli altri all'interno dell'area recintata a loro destinata.

Agron non mostra alcuna preoccupazione ed è a quel punto che Derek capisce: l'uomo che sta arrivando è Curzio. Agron sapeva che quel giorno il padrone li avrebbe raggiunti e desiderava che vedesse la statua di Vespasiano in lontananza, già innalzata.

Derek è combattuto. Quell'uomo gli ha salvato la vita e ha dovuto mentire a suo figlio e a molte altre persone per permettergli di allontanarsi dalla tenuta e dedicarsi alle sue passioni. Se avesse cambiato idea, per lui non ci sarebbe stato scampo e ora si chiede se stia venendo lì per ucciderlo.

Non toglie la maschera e getta il bastone. I cavalli gli appaiono sempre più grandi e il pulviscolo inizia a ricoprire le sue gambe. La sua deduzione è confermata: Curzio è in groppa al primo stallone, scortato da altri due uomini.

Il mercante passa dal galoppo al trotto e i suoi occhi sono rivolti solo alla statua dell'imperatore. Si ferma a cinque pertiche di distanza e deve comunque alzare lo sguardo per adocchiare i dettagli del volto e la corona di alloro che Vespasiano ha sul capo.

Il battito di Derek accelera: rivedere il suo padrone gli procura sentimenti contrastanti.

Curzio scende intanto dal cavallo e si avvicina al deposito con uno dei suoi assistenti, Kiros e Kande gli vanno incontro per occuparsi dei cavalli, Jelani sta andando a recuperare acqua, vino, miele e focacce.

I pugnax abbaiano, Derek smorza il ringhio di Hela colpendola al fianco con un'altra pedata.

Ora il suo padrone gli è di fronte e sta cercando i suoi occhi nei fori della maschera.

Li troverà umidi.

«È meravigliosa! È la cosa più bella che abbia mai visto» gli dice.

Sembra che voglia abbracciarlo, appare evidente che si stia trattenendo: «Spero che per te vivere non sia stato poi così sconveniente».

***

Curzio compie dei sopralluoghi all'interno del deposito. Proculo gli spiega come stanno procedendo con la costruzione delle statue e quali sono i loro progetti: «La tua idea di sorprendere l'imperatore con i nemici di Roma è rischiosa ma affascinante. Gli altri artisti proporranno infatti a Vespasiano solo le divinità adorate dai romani. Noi abbiamo pensato a Spartaco con la testa mozzata e a Vercingetorige rinchiuso in una gabbia».

Curzio annuisce, Proculo continua: «Abbiamo anche pensato alla creazione di una lupa che ulula allattando Romolo e Remo. È il grido fiero che annuncia la nascita dei padroni del mondo. E poi un'aquila, un'immensa aquila in volo con le ali spiegate che con i suoi artigli trattiene le effigi delle legioni che hanno conquistato Gerusalemme».

Il padrone richiama l'attenzione del suo attendente e lo esorta a intervenire. Derek lo ha riconosciuto, è un liberto greco di nome Calisto, esperto di storia romana: «È un'idea eccezionale, talmente buona che si potrebbe valutare l'opportunità di proporre all'imperatore la realizzazione di diverse aquile, in modo da poter esibire i simboli delle legioni che più si sono distinte nei secoli. Quelle che hanno conquistato la Gallia, per esempio, o la Bretagna, l'Egitto. Quelle che hanno sconfitto i pirati, quelle che hanno difeso i confini».

Curzio si batte le mani sulle cosce: «Deciso, allora, continuiamo così. Domani farò portare la statua a Roma. Il senatore Gneo Domizio Liviano la mostrerà all'imperatore e gli comunicherà le nostre proposte», poi si avvicina al busto di Spartaco. Tocca i suoi capelli, le spalle, la schiena. Dice: «Sono cicatrici queste?».

Derek nota che le scritte che aveva inciso sono state cancellate da veloci colpi di spatola e capisce che è stata opera di Agron per evitargli problemi con il padrone. Risponde: «Sì, sono cicatrici ma sono ancora da definire».

È il turno di Belbo, il padrone gli chiede: «I nostri pugnax invece?».

«Alcuni sono pronti, dominus. Almeno sette di loro potrebbero già combattere, con gli altri ci vorrà ancora un po' di tempo ma stiamo procedendo bene.»

I romani volevano scontri spettacolari e dall'esito incerto. L'idea di Curzio è di far combattere i pugnax contro leoni, tigri e pantere. I dubbi erano: come avrebbero reagito i cani di fronte a un felino? E quanti ne occorrevano per rendere lo scontro equilibrato?

«Sette saranno sufficienti per i giochi al Circo Massimo. Pensavo: un leone e una pantera contro sei pugnax. Un altro lo porteremo come riserva.»

Belbo ne è certo: «Sì, saranno combattimenti spettacolari».

«Preparateli, il giorno sta ormai giungendo.»

***

Quella stessa sera, Derek ringrazia Agron per aver cancellato le scritte sul dorso di Spartaco e poi decide di isolarsi per tentare di fare ordine nel suo animo dopo la visita di Curzio. Prende con sé soltanto Hela e al buio s'incammina in direzione di Roma.

«So cosa è successo e che vorresti mio figlio morto, ma tu conosci il valore del sangue e dovrai accontentarti di questo esilio. So anche che vuoi la libertà che è stata negata a tuo padre, ma io non ti farò promesse» gli aveva detto Curzio quel giorno.

Derek si era rivolto a lui con devozione e lo aveva ringraziato. Curzio aveva aggiunto: «Belbo mi ha detto che sei fenomenale con i pugnax e che vorresti condurli nell'arena contro le fiere. Mi ha suggerito che mostrandoti con la maschera non saresti riconoscibile. Ma è troppo pericoloso e non permetterò che questo avvenga. Se Vespasiano mi accorderà il privilegio di costruire le statue per l'anfiteatro dovrai concentrarti solo su quello».

I giochi al Circo Massimo sono imminenti, Hela è tra i pugnax che dovranno combattere. Derek si appoggia al tronco di un pino posto in una piccola altura e l'accoglie tra le sue braccia. Le massaggia il collo, fa scorrere le dita sul suo pelo corto e soffice. «Sei la cosa più bella che mi sia capitata nella vita. Non posso evitare che tu combatta. Ti prometto però che farò di tutto per impedirti di morire. Tu mi hai salvato la vita, io cercherò di contraccambiare. Il destino ci ha reso entrambi schiavi e quelli come noi non possono decidere come vivere. Possiamo solo sforzarci di rendere questa vita meno triste e io, con te, non lo sono più.»

Derek si rialza, lascia la torcia accanto all'albero e inizia a correre.

Il buio, intorno, è quasi avvolgente.

Cade e si rialza, cade e si rialza. Ride. Urla e salta, insieme alla sua bestia. «Sei così stanca, Hela? Da non riuscire più a correre?» le dice dopo un giro di clessidra.

Hela, la sovrana degli inferi nella mitologia nordica, una dea che non avrebbe mai potuto scolpire per l'anfiteatro dei Flavi, sta ansimando con la lingua di fuori.

Derek inizia a massaggiarle il ventre.

Lo scopre così, domandandosi come avesse fatto a non accorgersene prima.

Hela è incinta.

Arild
Roma, Circo Massimo

Continua ad allenarsi con scrupolo maniacale, anche oltre gli orari programmati per le esercitazioni. Le sue abilità continuano a risaltare e Avidio decide di premiarlo permettendogli di aggregarsi al ristretto gruppo selezionato per i ludi; oltre a loro due ci sono il doctor, sei gladiatori e sette inservienti.

Arild rimane affascinato dall'imponenza del Circo. La facciata esterna ha tre livelli e solo quello inferiore è formato da arcate in muratura. Lentulo ne celebra le dimensioni: oltre tre stadi di lunghezza, quasi uno di larghezza. La spina centrale, che delimita la corsa dei cavalli, è lunga un terzo della costruzione e larga oltre quindici pertiche.

I giochi sono stati organizzati dal senatore Gneo Domizio Liviano. L'imperatore sarà presente, assicurano gli araldi. Si è sparsa la voce che Vespasiano, con l'intento di aumentare l'attesa per i ludi che si svolgeranno in occasione dell'inaugurazione del suo anfiteatro, pretende che tutti gli spettacoli che la precederanno siano limitati e non troppo sfarzosi. Forse è per questo che il programma di oggi prevede soltanto tre corse dei carri, la riduzione dei combattimenti gladiatori a otto, nessuna rappresentazione inedita durante le esecuzioni pubbliche e l'esibizione di pochissime belve.

L'intercessione del doctor era stata proficua, Avidio aveva avallato la sua scelta di divenire un gladiatore trace col nome Pugnax.

Le gradinate sono già colme. Arild segue Lentulo in quelle di legno poste sopra gli scaloni di travertino destinati ai nobili. Il doctor gli indica le statue, i piccoli templi, le fontane e l'obelisco di Ramses II portato dall'Egitto e posizionato al centro della spina. Gli spiega come si svolgeranno le corse dei carri: «Guarda, quella in fondo è la struttura di partenza, coi dodici *carceres* di tufo. Si sfideranno le quattro diverse fazioni di Roma, ognuna di loro è rappresentata da un colore diverso e disporrà di tre quadrighe, ovvero un carro tirato da quattro cavalli. I colori sono il bianco, il verde, il rosso e l'azzurro. Dovranno compiere sette giri intorno alla spina. Le grandi uova dorate e i delfini di bronzo sono entrambi utilizzati per contare quelli già compiuti: le uova spariranno e i delfini si rovesceranno».

Arild continua ad ammirare l'imponenza della struttura. Nota che la folla si sta voltando in direzione del palco d'onore e chiede se quell'uomo circondato da pretoriani sia proprio Vespasiano.

«L'imperatore in persona» conferma Lentulo. Indossa una toga di colore viola e ha un atteggiamento poco formale. Arild vorrebbe essere insieme a Felix, Hermes e Robustus nei locali destinati ai gladiatori e assaggiare il sapore della battaglia. Cerca di escogitare un modo per raggiungerli ma le trombe emettono uno squillo e Vespasiano impugna il panno bianco.

«È il momento» dice il doctor.

* * *

Gli sguardi volgono alle dodici porte.

Le quadrighe delle quattro fazioni sono in attesa del via. Salgono i nitriti dei cavalli bardati con falere d'argento. Gli sbarramenti di partenza sono posizionati a scalare sul rettilineo per compensare lo stacco prima della meta. È qui che i carri si ribaltano, è qui che gli aurighi rischiano di più.

Nelle botteghe sottostanti agli spalti, maghi e astrologi sono ricercati per un ultimo consulto prima di scommettere sul vincitore.

Le dodici quadrighe sono pronte, gli stendardi delle fazioni sono dipinti sui lati dei carri.

Gli aurighi fissano i due rettilinei separati dalla spina. Indossano l'elmo, una tunica stretta da cinghie e in parte ricoperta da un corpetto di cuoio, le protezioni a mani, gomiti e ginocchia. Le redini sono legate alla vita.

Il pubblico si schiera a favore delle diverse fazioni agitando stoffe coi colori che le identificano. Vespasiano lascia scivolare il panno dalle dita: è il via!

Nuvole di polvere si alzano nell'arena, i cavalli galoppano a briglia sciolta e subiscono le frustate dei condottieri.

Il pubblico rumoreggia e si alza in piedi, i dodici carri corrono lungo il primo rettilineo e stanno per raggiungere la prima curva.

Una quadriga bianca effettua due sorpassi esterni azzardati e arriva lunga, ribaltandosi. Nella stessa curva entrano in contatto cinque carri e anche questi si rovesciano.

I cavalli caduti impazziscono trascinando gli aurighi. Questi sono costretti a utilizzare il pugnale per tagliare le redini. Due di loro non ci riescono e arrivano cadaveri alla seconda meta.

Gli addetti spostano i carri e trascinano via i corpi. Uno schiavo fa rotolare una delle sette uova nel canale d'acqua dentro la spina per indicare il termine del primo giro. Il delfino che si rovescia con dei giochi d'acqua ha la stessa funzione.

Arild nota che Vespasiano è più concentrato sulle reazioni dei sostenitori che sulla corsa. Nel frattempo anche il generale Tito ha preso posto sulle tribune.

Il colore che domina è il verde, Lentulo gli spiega che politicamente identifica i *populares*. Nelle gradinate vicine al palco imperiale Arild riconosce Claudia e il senatore Marco Sestio Gemino.

La gara è appassionante: i cavalli, distrutti dalla fatica e dalle percosse, sbavano sul tracciato già ricoperto dai relitti delle quadrighe e dai brandelli degli stendardi strappati. I carri che competono sono rimasti cinque a tre giri dal termine e solo la fazione bianca ne ha due in corsa.

Le uova continuano a scomparire dalla spina, inghiottite dal condotto che le fa defluire. Gli scrivani aggiornano le statistiche: spuntano i nomi degli aurighi morti e dei cavalli inutilizzabili.

Un carro rosso si frantuma nel frattempo contro le pareti. La tirata finale è tra la fazione bianca e quella verde. I cavalli sono allo stremo, i cocchieri li frustano con una brutalità che fa distogliere lo sguardo alle matrone più sensibili. Alla fine prevale di un soffio la quadriga contraddistinta dal colore verde. Le urla di gioia dei vincitori e dei loro sostenitori si accavallano a quelle di dolore delle nuove vedove.

Arild non è rapito da quelle esibizioni e si allontana dicendo a Lentulo che deve recarsi nelle latrine.

Un inserviente gli spiega come raggiungere i locali destinati ai gladiatori. Lo avverte che le guardie non gli permetteranno di superare i varchi di accesso. Arild decide comunque di provarci, le corse lo annoiano e non vuole assistere alle esecuzioni dei condannati che seguiranno dopo.

Scende dalle scalinate e arriva alle *carceres* destinate ai cavalli e agli aurighi. Percorre un altro tratto superando due botteghe destinate alla vendita di oggetti in terracotta e quando scorge due sorveglianti davanti a un'inferriata capisce di essere arrivato.

Inutile tentare un approccio con le guardie, meglio attendere e approfittare di un momento di distrazione. Si posiziona dietro una colonna rivestita di mattoni butterati, da lì può scorgere alcuni gladiatori impegnati negli esercizi di riscaldamento e inservienti intenti a ripulire armi e armature.

«Non dovresti stare lì dentro?»

Claudia lo sorprende alle spalle e lo cinge in un abbraccio.

***

«Lui è un gladiatore e può entrare» ha detto Claudia con tono perentorio alle guardie rivelando poi di essere la moglie del senatore Marco Sestio Gemino.

«Sei in debito con me» gli dice prima di allontanarsi. Arild la ringrazia e accede nei locali. Sta per chiedere a uno schiavo dove si trovano i gladiatori della scuola di Avidio Mite Secondo quando riconosce la voce di Felix.

«Possiamo farcela» dice il trace.

«No, è troppo rischioso» ribatte Hermes.

«Non ti capisco, non siamo in condizioni così disperate» aggiunge Robustus.

«No? La tua vita ti soddisfa? Puoi farti una famiglia? Puoi decidere cosa mangiare? Con chi accoppiarti? I galli hanno pensato a tutto. A venti stadi da Roma conoscono persone che possono consegnarci delle *charte* false che confermeranno la nostra condizione di uomini liberi. Io andrò in Gallia, ho una famiglia lì.»

«Io non saprei dove andare» dice Hermes.

Felix mantiene la voce bassa: «Puoi venire con me in Gallia, oppure in qualunque altro luogo. C'è bisogno di gladiatori in ogni angolo dell'Impero e comunque, con le nostre capacità, potremo trovare altri impieghi. Saremo però liberi, finalmente».

«Anche a Roma possiamo ottenere la libertà, combattendo» replica Robustus.

«Forse, ma quando? Avidio non ce la concederà prima dell'inaugurazione dell'anfiteatro perché ci vorrà lì, siamo i suoi gladiatori migliori. Senza considerare che nel frattempo potremmo morire nell'arena.»

C'è un lungo silenzio: Hermes e Robustus ci stanno pensando.

Arild si appoggia alla parete: i galli stavano quindi valutando la disponibilità dei combattenti ad aderire a una rivolta e avevano trovato in Felix un alleato. Si chiede perché i galli non lo avessero coinvolto. Probabilmente avevano ritenuto che non fosse interessato, e forse avevano ragione. Il suo desiderio era diventare gladiatore e ottenere la libertà nell'arena. Ci sarebbero voluti anni, lo aveva messo in conto, ma era a Roma che con più probabilità avrebbe potuto ritrovare Derek e, soprattutto, Brynja.

«La sorveglianza è scarsa» dice il trace «sarà facile.»

Arild decide di andarsene. Ripercorre il tragitto per raggiungere Lentulo sugli spalti. Le corse sono terminate. Il doctor dichiara: «Hanno vinto le fazioni di colore rosso e azzurro. Sono state gare spettacolari, molti carri si sono rovesciati dopo essersi attorcigliati tra loro e tre aurighi sono andati nell'Ade».

L'associazione giochi-morte è una costante, i cittadini romani la pretendono. Forse è un modo per esorcizzarne la paura. Forse è il loro modo di ritenersi dei privilegiati quando, da vivi, possono allontanarsi dal Circo per tornarsene a casa.

Nuove riflessioni si aggrovigliano come quadrighe in curva nella mente di Arild, mentre un condannato a morte nudo viene inseguito da un orso.

Il pubblico incita l'animale a raggiungerlo. L'uomo è spaesato, tenta la fuga ma non ha né ripari né vie di uscita né possibilità di combattere contro una bestia del genere. I suoi tentativi sono patetici, i romani lo deridono.

Alla fine il condannato sembra prendere atto dell'ineluttabilità del suo destino. Il terrore, così, svanisce, avvicendato da una grottesca forma di consapevolezza e di pace.

L'uomo alza la testa, stende le braccia lungo i fianchi e cammina con passo deciso in direzione dell'orso.

È pronto.

La bestia lo squarta con noncuranza in pochi attimi.

Le urla entusiaste del pubblico rendono sordi i pensieri di Arild.

Brynja
Roma, Circo Massimo

È il giorno dei ludi al Circo Massimo, finalmente.

Ed è poco prima di uscire che Brynja si confida con la sua padrona: «Ho rivisto il soldato che mi ha salvata. Era nella tua domus, ospite del banchetto».

Flaminia avverte un altro malore, Brynja la sorregge e la tranquillizza. Non può essere un caso, sta meditando: succede ogni volta che in qualche modo nomina quell'uomo. Le dice: «Quel soldato ha promesso a me, a mio fratello e al nostro compagno Arild di farci ritrovare, ma credo che sia molto importante per te».

La sua padrona si tradisce scostando lo sguardo, lei trova la forza di chiederlo: «Tu lo conosci, non è vero?».

«Te lo dirò perché adesso è arrivato il momento e perché per me sei come una figlia, tesoro mio. Se devo essere sincera fino in fondo, lo sei per *noi*, una figlia, la bambina che non possiamo avere insieme, io e quel soldato.»

Brynja sgrana gli occhi: «Non capisco, domina».

«Il *centurio* Livio Amanzio è l'uomo di cui sono innamorata. Lui ti ha portata nella mia domus affinché io ti proteggessi.» Flaminia scoppia a piangere e le parole successive si rompono dall'emozione: «Ma a quanto pare non ne sono stata capace».

Una commozione violenta colpisce anche Brynja: «No, non è così, con te vicina il mio sguardo ha sempre avuto modo di intravedere una luce. Adesso però andiamo al Circo Massimo. So che lui sarà lì, e forse riuscirai a incontrare anche tua figlia Giulia».

Flaminia convoca due schiave e le dice: «Prima di uscire, dobbiamo però rilassarci un po'».

La sua padrona si unisce alle serve per massaggiarle le braccia, i fianchi e le cosce con delle bende inumidite con unguenti rigeneranti. «Mi dispiace, mi dispiace molto, avrei dovuto proteggerti.»

«Sto bene, domina, non preoccuparti per me.»

«Chi è stato a prenderti?» La sua padrona la sta incalzando, ma lei non ha nessuna intenzione di tornare col pensiero alle violenze subite. Decide di mentirle e di troncare quel discorso: «Uno degli ospiti, ma non ricordo esattamente chi».

Trovano posto sugli spalti, appena sopra le gradinate destinate ai nobili.

Il Circo Massimo è quasi al completo, duecentomila persone. Un orso sta facendo a pezzi un condannato a morte. Brynja ne è disgustata e non comprende l'entusiasmo degli spettatori. Cinque inservienti raccolgono i tranci del corpo martoriato e ripuliscono l'arena dal sangue.

Un araldo annuncia una variazione nel programma e col passaparola tutti i presenti vengono a conoscenza che i duelli gladiatori anticiperanno le cacce agli animali.

Brynja si guarda intorno, trova incredibile che gli uomini possano aver realizzato una struttura tanto imponente e così attraente. Dà una sbirciata al palco imperiale e riconosce Vespasiano. Accanto a lui c'è il figlio Tito e a pochissima distanza da loro i senatori Gneo Domizio Liviano e Marco Sestio Gemino stanno ridacchiando. Si odiano, ma entrambi fingono di trovare piacere nella reciproca compagnia. Brynja non saprebbe come spiegarlo, ma quegli atteggiamenti hanno a che fare con quella fissazione dei romani che si chiama politica. Accanto a loro c'è anche Valerio. Vorrebbe possedere tre pupazzi con le loro fattezze e un pugnale per infilzarli. Il suo desiderio di vendetta non la inorgoglisce, ma immaginare la loro sofferenza ha il potere di tranquillizzarla. È in quel momento che decide che avrebbe fatto ritorno nel tugurio di Shukura, la donna dei malefici.

«Hermes il secutor della scuola di Avidio Mite Secondo contro Antonius il reziario della scuola di Canio Sempronio!» annuncia l'araldo.

Squilli di tromba anticipano il loro ingresso, il pubblico è in delirio. Si posizionano di fronte al palco imperiale e s'inchinano a Vespasiano e a Tito. Solo i presenti accalcati nelle loro vicinanze avranno il privilegio di poter assistere al duello con una visuale decente. Brynja è tra questi e nonostante le sue perplessità non può negare a se stessa di essere affascinata da quei combattimenti. Lei e Flaminia stanno però soltanto cercando di scovare tra le gradinate Livio e Giulia. Si stringono la mano, per il momento non c'è alcuna traccia dei due.

Il boato dei romani richiama la loro attenzione sul duello. Antonius ha avvolto con la sua rete parte del corpo di Hermes e cerca un varco per affondare il tridente nelle carni del secutor. L'ottimo posizionamento dello scudo consente a Hermes di non farsi infilzare ma i suoi movimenti frenetici, volti a liberarsi dalla trappola tesa dal reziario, ottengono il risultato opposto e il secutor si ritrova ora immobilizzato e privo di difese. Un insetto in una ragnatela, è ormai perso. Alza il braccio per comunicare la sua resa. Il suo avversario si toglie l'elmo e attende l'ordine dell'imperatore.

È il momento in cui Vespasiano deve decidere se il gladiatore sconfitto è degno di vivere. Le urla dei sostenitori potrebbero orientare la sua scelta.

«*Mitte!*», «*Iugula!*»

Non sembra una decisione facile.

Nel frattempo prendono posto negli scaloni di travertino del Circo Massimo le vestali di Roma.

* * *

Per Flaminia non c'è pace: Giulia non è tra quelle presenti. Brynja le stringe ancora le mani, mentre Vespasiano decreta la salvezza del secutor. Almeno un terzo del pubblico sembra deluso.

«Felix il trace della scuola di Avidio Mite Secondo contro Furio il trace della scuola di Canio Sempronio!» sta urlando l'araldo mentre il reziario vittorioso alza il tridente e riceve l'acclamazione dei romani.

Il pubblico non comprende perché siano stati selezionati due traci e si convince che gli organizzatori stiano effettuando degli esperimenti in vista dei giochi più memorabili della loro storia, con il nuovo colossale anfiteatro.

Brynja e Flaminia riconoscono il gladiatore che aveva combattuto nella loro domus. Quello che aveva sconfitto l'uomo che era stato poi bruciato vivo da Domizio solo per sfogarsi. Il sussurro di Flaminia è appena percettibile: «Non voglio più stare con un uomo del genere».

Brynja non le rivela che era stato proprio Domizio quello più violento la notte precedente. Ha timore di una sua reazione sconsiderata: in una situazione che per lei è già abbastanza tesa, è inutile instillarle ulteriori angosce.

«Devo andare a cercarlo, ma tu dovrai restare qui» le dice Flaminia, con la voce rotta dall'emozione.

Brynja vorrebbe seguirla, anche lei freme dal desiderio di incontrare Livio. Capisce però che Flaminia ha bisogno di restare sola con lui e non insiste. Le augura buona fortuna e rivolge i suoi pensieri ai modi in cui potrebbe aiutarla.

Gneo Domizio Liviano deve morire.

Marco Sestio Gemino anche, ma al momento quest'uomo sembra l'arma migliore con cui colpire il padrone. Le aveva detto che sarebbe tornato a trovarla. Lei, nuda davanti a lui, con nuovi lividi e nuove brame di vendetta, gli aveva risposto: «Ti aspetterò con impazienza».

La sfida tra i due gladiatori è intensa e dall'esito dubbio. Sono concentrati e si muovono entrambi in modo spigliato e risoluto. A turno azzardano un attacco che viene prontamente respinto. Non si trattengono, i romani ne stanno apprezzando gli sforzi e dopo mezzo giro di meridiana i due sembrano esausti. L'arbitro che gironzola a fatica intorno a loro si rivolge al palco imperiale. Vespasiano comprende la situazione e stabilisce che il duello si possa concludere in parità.

«Robustus il provocator, sempre della scuola di Avidio Mite Secondo, contro Calvus il provocator della scuola di Antonio Tacito!»

Con il nuovo annuncio dell'araldo, anche Brynja decide di lasciare il suo posto. Si avventura nei corridoi del Circo cercando di non perdere l'orientamento. Le servono dei riferimenti e memorizza alcuni dettagli su scalinate, colonne, pareti e pavimenti. I tre scalini spaccati, una crepa profonda un piede, la scritta "Il sudore di Felix a dieci sesterzi", una pozza di sangue, una latrina, una fontana rotta, la raffigurazione di un enorme fallo, escrementi di cane, una manciata di olive sparse al suolo.

Brynja deve guardarsi anche dai sorveglianti e dai romani senza scrupoli, perché a una schiava non è consentito di muoversi liberamente. L'attenzione che tutti stanno dedicando ai combattimenti in parte la rassicura e la spinge a proseguire.

È alla fine del terzo corridoio percorso che la trova.

Flaminia non è sola, Flaminia c'è riuscita. La sua capigliatura sta coprendo il volto di Livio.

Si stanno baciando e le mani di lui stringono i fianchi della sua padrona.

Brynja non vorrebbe interrompere quel momento atteso dieci anni, ma ha un'urgenza più robusta della decenza, più vigorosa della discrezione.

Corre verso di loro e appena trova gli occhi di Livio fa: «Dov'è mio fratello?».

Il soldato sbarra gli occhi tradendo la sua contentezza.

Brynja lo incalza: «E dove si trova Arild?».

Derek
Deposito sulla via Ostiense,
tra Roma e Portus Augusti / Circo Massimo

Gli accadimenti degli ultimi tempi lo hanno distratto. Ripensando a quanto la forza e la velocità di Hela si siano attenuate, Derek ha realizzato che la sua bestia è in procinto di partorire.

«Non può più combattere» sta dicendo adesso.

«Lo so, ma non dipende da me ed è ormai troppo tardi» replica Belbo.

Il carro destinato a caricare l'addestratore e i sei pugnax prescelti sta arrivando, destinazione Circo Massimo. Lì, come concordato da Curzio, i cani saranno impegnati in un combattimento contro due felini.

Proculo e gli altri schiavi assistono impotenti alla discussione.

«Non posso permettertelo. Mi dispiace, ma proprio non posso» sta ringhiando Derek.

«Anche a me dispiace, ma non c'è nulla che possiamo fare per impedirlo. Sono ordini, sai come funziona.»

«Un modo forse c'è» aggiunge Derek attenuando il tono della sua voce.

Belbo non vorrebbe contraddirlo: «Se c'è dimmelo, ma sai che in ogni caso non potrei...».

Derek non gli permette di ultimare la frase e lo colpisce al volto con un pugno poderoso. «Voi non avete visto nulla e non avete quindi potuto impedirlo» dice agli altri. «Andrò io con i pugnax, non posso lasciare Hela. Spetta a me difenderla, sapete che glielo devo.»

Nessuno di loro riesce a obiettare.

I due schiavi addetti al trasporto si presentano un giro di clessidra dopo lo svenimento di Belbo. Chiedono del bestiario. Non sono di proprietà di Curzio e quindi non possono riconoscerlo. Derek si applica delle fasciature per celare tutte le cicatrici sul proprio corpo e sale sul carro con i pugnax indossando la maschera e una lunga tunica.

Ora, per tutti, è lui Belbo, l'addestratore e il *bestiario* al servizio di Curzio Publio, e lo sarà per tutto il giorno.

Al Circo viene accolto da uno degli organizzatori e destinato a un locale dove può prepararsi. Gli spettacoli sono iniziati da tempo ed è già il turno dei gladiatori. In deroga alla consuetudine, le cacce si svolgeranno subito dopo.

Di Curzio nessuna traccia, Derek immagina che si sia già accomodato nel posto a lui assegnato e sia intento a ingraziarsi nobili e promotori di ludi. Uno schiavo gli consegna una tunica bianca, una cinghia di cuoio da stringere sulla vita e un pugnale col fodero.

Ora, in una stanza umida, sta continuando a frustare i cani per incattivirli mentre massaggia il collo di Hela.

«Tu rimarrai accanto a me, e noi ce la caveremo» le dice.

Gli occhi della cagna gli stanno dicendo addio.

Derek piange e le urla contro: «Bugiarda!».

* * *

Nessuna vittima tra i gladiatori: i lanisti non volevano perdere manovalanza e Vespasiano era stato clemente. L'imperatore desidera che il sangue e gli spettacoli più coinvolgenti siano tutti concentrati nei *suoi* giochi, e per quelli occorre prima costruire l'anfiteatro.

Derek è dietro l'arco d'ingresso. L'araldo carica di aspettative la sua esibizione: «Sei feroci pugnax, guidati dal bestiario Belbo, sfideranno un leone e una pantera nera. Al Circo Massimo, uno spettacolo del genere non si era mai visto prima!».

Derek fa il suo ingresso, i sei pugnax sono davanti a lui, storditi dalle urla del pubblico e fin troppo eccitati. Tiene ancora le corde dei guinzagli cortissime e attaccate alla cinghia. La mano sinistra impugna una frusta, quella destra una lancia. La sua maschera incuriosisce il pubblico, che inizia già ad acclamarlo.

Il leone e la pantera nera entrano insieme subito dopo.

Derek libera tutti i pugnax tranne Hela ma ordina loro di rimanere uniti davanti a lui. Riconosce il leone, è proprio quello che aveva ferito tempo prima nella tenuta di Curzio a Roma. I felini sembrano mansueti, forse Curzio li ha sfamati e resi meno pericolosi preferendo che fossero loro a morire al posto dei cani.

C'è una fase di stallo, le bestie sono disorientate. Alcuni addetti pungolano con dei ferri arroventati i felini spingendoli nella direzione degli avversari.

Derek deve decidere a chi sferrare il primo attacco e con quanti pugnax. Non vuole che Hela partecipi agli scontri, quindi tre dei suoi cani affronteranno la pantera, che ritiene più pericolosa, gli altri due il leone.

Le manovre di studio e di avvicinamento proseguono. I pugnax sbavano e abbaiano, Derek non smette di frustarli per mantenere inalterata la loro collera. Ora la pantera è a una pertica di distanza, il leone a due e mantiene un atteggiamento pigro.

La sua decisione è fulminea: tutti i pugnax contro la pantera!

La speranza è che, tutti insieme e con un attacco improvviso, possano abbattere rapidamente la belva senza subire danni.

Impartisce gli ordini e i suoi cani partono all'assalto.

La pantera reagisce subito: emette un ruggito raccapricciante e scatta in avanti. Affronta due pugnax, ne uccide subito uno ma gli altri tre possono attaccarla ai lati e azzannarla. I versi delle bestie sono impressionanti,

Derek ha sentito dire che il ruggito di un leone poteva essere udito a cinquanta stadi di distanza. Sugli spalti cala invece un silenzio che in quei luoghi appare surreale.

Ora è il leone a scattare. Anche Hela lo ha riconosciuto e gli si lancia a sua volta contro. Derek rimane sorpreso dal potente strappo del suo pugnax e cade in avanti. Quella posizione potrebbe rivelarsi fatale per entrambi ed è costretto a liberare la sua cagna.

Nel frattempo la pantera emette dei grugniti sempre più labili, i pugnax stanno infierendo sulle ferite ma solo uno dei cinque impegnati nell'assalto sembra ancora in grado di proseguire i combattimenti in maniera proficua.

Derek si rialza e con la lancia assesta il colpo di grazia alla pantera.

Il pubblico ha ricominciato a rumoreggiare e sta incitando i cani. Il grido «Belbo!» si alza tra lo folla.

Hela è a pochissima distanza dal leone ma non sferrerà il primo attacco se non costretta. Derek richiama i pugnax, ne accorrono tre e due di questi sono in effetti in pessime condizioni, le loro carni sono lacerate, il pelo e le fauci grondano sangue. Per loro deve prendere subito un'altra decisione: sacrificarli per fiaccare il leone. Urla i loro nomi e dispone l'immediata aggressione.

Il leone ha riacquistato la sua primordiale ferocia e si libera del primo con una semplicità disarmante ma il secondo riesce a ferirlo sul fianco destro. Derek ora lancia all'attacco anche l'ultimo pugnax. Lui gli è subito dietro ma Hela si frappone nella sua corsa con l'intento di difenderlo e Derek cade di nuovo in avanti con la lancia protesa.

È in questo momento che avviene il contatto.

Un leone ferito, un pugnax combattivo, un bestiario inesperto e la sua cagna gravida.

È uno scontro tremendo. Si mescolano ruggiti, ringhi e urla.

Un alone nero davanti agli occhi impedisce a Derek di vedere.

Si chiede se sia il preambolo della sua morte.

Forse sì, perché dopo il buio arriva anche il silenzio.

Arild
Roma, scuola gladiatoria

Al ritorno nella scuola, incrocia i galli. Chiede loro come procedano i lavori. «Abbiamo spaccato tutto» è la risposta sbrigativa di quello più loquace.

La scomparsa del lago continua a rattristarlo, i nuovi lavori da compiere lo incuriosiscono e vorrebbe parteciparvi. Chiede notizie a un altro schiavo di proprietà di Avidio impegnato nella Domus Aurea. L'uomo è affaticato ma si concede volentieri: «Il lago è ora solo un immenso stagno fetido. Gli architetti ci hanno fatto scavare dei fossati e costruire una rete di canali per impedire che le piogge possano allagare l'area e per far defluire le acque nelle fogne della Cloaca Maxima. Abbiamo caricato terra e detriti su carri che buoi e asini hanno poi trainato fuori dalla zona. Ho sentito due sorveglianti dire che ci vorranno quattrocentomila viaggi. Stiamo ancora raccogliendo le pietre per le fondamenta ed è già stata effettuata una prima colata di cementizio».

L'uomo sembra lieto di raccontare aneddoti e Arild ne approfitta. «E poi?» lo esorta a continuare.

«Gli architetti dicono che presto le fondamenta saranno terminate con altre colate. Poi non ho idea di come proseguiremo. A me sembra già un'impresa aver rimosso lo Stagnum.»

Nessuna vittoria e due combattenti graziati dall'imperatore. Avidio è contrariato e ha disposto la chiusura delle celle dei gladiatori prima del tramonto.

Arild avrebbe voluto competere. La folla urlante, i colori, l'imponenza delle strutture. L'odore dell'olio sulle armi e sulla pelle. L'atmosfera che ha respirato ai ludi lo ha esaltato, anche se ritiene il Circo Massimo un luogo poco adatto ai gladiatori. Forse è anche per questo motivo che Vespasiano sta realizzando un nuovo anfiteatro.

È sicuro che si sarebbe fatto valere, anche senza esperienza. Si sentiva pronto a calcare l'arena, di certo sarebbe stato più efficace dei suoi fratelli Felix, Hermes e Robustus, forse distratti dalla discussione che avevano avuto prima delle sfide.

Questa notte non riuscirà a dormire, ne è certo. È turbato dal desiderio di fuga di Felix. Ora sono fratelli, si domanda perché lui non gliene abbia parlato, perché non lo abbia coinvolto. Non può certo biasimarlo: il trace sa che lui non aderirebbe, che tutto quello che desidera è a Roma.

Un inserviente lo ridesta dai suoi pensieri, apre la sua cella e gli dice: «Nella stalla, subito!».

Trova Claudia nuda, le gambe larghe, appoggiata sopra una tavola. Ordina a uno schiavo di spogliarlo e di legargli le mani dietro la schiena. «Tu non potrai toccarmi» gli dice.

In quel momento entra Simmaco ma la matrona continua a rivolgersi a lui: «Dovrai supplicarmi» gli dice «Dovrai pregarmi di liberarti. E di avermi.»

Ora che è un gladiatore lei non potrà disporne a piacimento e lui non sarà più costretto ad assecondare i suoi capricci. Non può però nascondere il desiderio che prova, quella donna lo intriga, ma la sua fierezza si rifiuta di cedere. Le dice: «Un giorno sarai tu a implorarmi, domina».

Lei ordina a Simmaco di prenderla senza mai smettere di fissarlo.

Arild vorrebbe chiederle: "Perché non sei felice? Cos'è che ti fa soffrire?" Invece rimane in silenzio a combattere contro la sua eccitazione e il suo orgoglio.

Alla fine, lei gli riapre la ferita con le unghie e gli sussurra: «Eccolo... il mio gladiatore senza spada».

* * *

Arild si avvia verso le celle. La luna è piena e sta sbiancando una parte di cielo. Una brezza inaspettatamente fredda gli solleva i peli sulle braccia. La sua eccitazione non si è ancora attenuata.

È in prossimità degli ingressi e si accorge che il sorvegliante non è al suo posto. Il suo istinto lo mette in allerta. Ora può ascoltare le voci dei gladiatori. Alcuni stanno dicendo: «Cosa sta succedendo?» e «Chi c'è lì fuori?». Altri stanno chiamando la guardia senza ottenere risposta.

Arild entra nel caseggiato e subito dopo scorge il sorvegliante. È inerme ai piedi di uno dei galli, che impugna una lama e gli sorride. «Gladiatore» gli dice «vuoi forse combattere?»

Arild ha un'esitazione. Si chiede cosa dovrebbe fare. Cercare di impedire la fuga? Scappare con loro?

Avverte una presenza alle spalle e sta per voltarsi.

Non ne ha il tempo.

La sua mente diventa un cielo notturno senza luna e con le stelle nere.

***

Riapre gli occhi.

I raggi del sole lo stanno accecando. È sdraiato su un campo di erbacce, alla sua destra avverte il defluire delle acque.

Si volta, è il fiume biondo.

"Perché sono qui?" si chiede.

Una figura nera si staglia sopra di lui e gli parla. Riconosce subito la voce.

«Con noi o contro di noi» sta dicendo Felix. Sente la pressione di una lama sul suo collo. I galli, alle spalle del trace, stanno ridendo.

«Con noi o con Roma» dice ancora Felix.

Scegliere Roma, adesso, significa morire.

Si volta ancora, il Tevere ha acque trasparenti. Mi piacerebbe nuotare lì, pensa. Dietro il fiume scorge templi, statue e mura di cinta. Una barca sta raggiungendo la riva. Dentro ci sono due bambini, riesce subito a distinguere anche loro.

Sono Derek e Brynja.

Sorride, a Felix dice: «Cos'è? Uno dei tuoi scherzi?».

La voce del trace si fa malinconica: «No, non è uno scherzo, Arild».

«Non ho davvero una scelta, vero?»

Felix sta piangendo, la lama che impugna sta penetrando le sue carni: «No, fratello, non ce l'hai mai avuta».

Arild cerca gli occhi dei suoi amici per l'ultimo saluto.

Nascondersi nell'immensa domus del prefetto di Roma per farsi ritrovare da Hagen era il loro gioco preferito. Si chiede ancora come quell'uomo riuscisse, ogni volta, a stanarli.

Derek e Brynja battono le mani sull'acqua ridendo, poi si tuffano e non riemergono più.

Ora tocca a lui trovarli...

Riapre gli occhi, davvero.

Un sogno, il suo primo orrendo sogno.

Si trova nella sala dove vengono curate le ferite dei gladiatori. Nella branda al suo fianco c'è la guardia. È ferita ma salva, riesce a sentirne il respiro.

Di fronte a lui c'è Lentulo.

«Come ti senti?» gli chiede il doctor.

Arild si tocca la testa. È gonfia, nella parte appena dietro l'orecchio. Le sue dita raccolgono scaglie di sangue rappreso e gocce di sangue ancora vivo.

«Cosa è successo?» chiede a sua volta.

Lentulo gli dice che c'è stata una fuga.

«Chi?»

«I galli, c'era da aspettarselo, dannazione, ma non solo loro...»

«Chi altri?» insiste Arild.

«Robustus e Felix.»

Arild chiude gli occhi. Sa già che gli mancheranno, soprattutto Felix. Quel maledetto trace non morirà indossando l'elmo, sussurra tra sé.

Nella stanza fa il suo ingresso il padrone. Avidio ha un'espressione devastata, anche lui deve avere avuto giornate migliori. «Come sta?» chiede al doctor.

«Sta bene» risponde Lentulo, congedandosi subito dopo.

Arild riapre gli occhi, Avidio gli dà due leggeri schiaffi sulla guancia: «Ora toccherà a te combattere, Pugnax».

Arild ne è fiero, per il suo padrone ha sempre avvertito un sentimento di riconoscenza: «Non ti deluderò, dominus».

«Chi può dirlo?» gli dice sorridendo, e poi: «A proposito, hai una visita».

Ancora Claudia, immagina.

Si sbaglia.

Nella stanza entra un centurione romano.

Che gli dice: «Sono qui per mantenere una promessa».

Note e ringraziamenti

Il romanzo è debitore di innumerevoli testi saggistici e narrativi, documentari e materiali presenti nella Rete. Il contesto storico rappresentato trae fondamento dalle fonti più autorevoli a nostra disposizione. Ovviamente personaggi di pura finzione si mescolano a quelli reali e non mancano le "licenze d'autore" finalizzate a rendere più vivaci e incisive le vicende narrate, ma sono ponderate alla verosimiglianza storica.

Ringrazio tutti coloro che mi accompagneranno in questo (spero piacevole) viaggio nel tempo. In particolare Riccardo Cavallero e Teresa Martini, perché senza di loro non avrebbe avuto inizio. Per curiosità e confronti, io sono qui: mauromarcialis@libero.it.

Il secondo volume di Colosseum
Il silenzio degli dèi
in libreria dal 4 giugno

Arild supera l'arcata sulla quale è stato inciso il numero "IV" e va a curiosare nell'area dove saranno posizionate le tavole che formeranno l'arena.

È qui che combatterà.

È qui che guadagnerà la libertà.

Si vede già lì, il pubblico in delirio a inneggiare il suo nome, l'elmo scintillante, il gladio insanguinato.

Riceverà il *rudis* dall'Imperatore.

Brynja scenderà dalle gradinate e uscirà dall'anfiteatro.

Lo aspetterà fuori, con due cavalli bardati, una mappa per il loro viaggio e una nuova facilissima promessa: non ci lasceremo mai più.

Il terzo volume di Colosseum
Fiamme dal cielo
in libreria dal 25 giugno

«Non senti la terra muoversi, di continuo?» prosegue Servio. «Sono gli dèi. Loro sono qui, Benedicta, e si agitano. Sono loro a far tremare le colline e le mura, a spostare i carri, a far sbuffare le montagne.»

«E questo cosa significa per te?»

«Che gli dèi sono dalla nostra parte, che dovrebbe essere Pompei la capitale dell'Impero, non Roma.»

Brynja si ricopre il seno e gli sorride: «Sei uno sciocco».

«Perché?»

«Sono qui i tuoi dèi, forse è vero, e sì, sono più vicini, ma sono qui per ammonirci.»

Il quarto volume di Colosseum
Il destino è una belva feroce
in libreria dal 16 luglio

«Brynja» sussurra «Sei davvero tu?»

Ascoltare quella voce rinnova in lei antichi ricordi, perché quegli occhi, che ora lui *rivede*, sono carichi di un'emozione folle dove sgomento, meraviglia e paura stanno guerreggiando. «Togliti la maschera» gli dice subito lei.

«Non potrai riconoscermi, Brynja. La vita mi ha strappato la faccia, ma ora mi ha ridato te, ed è la cosa più bella che potessi desiderare.»

«Derek!» dice sua sorella dopo quasi vent'anni, finalmente.

Lei è rimasta lì, non è fuggita.

Proprio questo fanno i sogni: ti illudono.

Questo libro è stampato fabbricato da Grafica Veneta S.p.A.
con un processo di stampa e rilegatura certificato 100% carbon neutral
in accordo con PAS 2060 BSI

Finito di stampare nel mese di aprile 2024
per conto di RCS MediaGroup S.p.A.
da Grafica Veneta S.p.A., Via Malcanton 2, Trebaseleghe (PD)
Printed in Italy